달라진 남편에게서
편지가 왔어요

나를 떠받들지 마세요. 대신 귀여워 해주세요!

달라진 남편에게서
편지가 왔어요

정재영 지음

트러스트북스

인생에는 3만 번의 기회가 있습니다

거짓말인 줄 알았습니다. 절망의 순간에 기적이 찾아온다고 했는데 그런 일이 저에게 일어났습니다. 아내 도움을 받아 제가 쓴 책 〈왜 아이에게 그런 말을 했을까〉가 2019년 7월 최대 인터넷 서점에서 베스트셀러 1위에 올라 1주일 동안 자리를 지켰습니다. 가까운 사람들은 수능 성적으로 치면 전교를 넘어서 전국에서 1등을 한 거나 다름없다며 축하해줬는데 저 자신은 어리둥절했습니다. 당시 베스트셀러 순위에는 조정래, 유시민, 김영하, 설민석, 정유정, 베르나르 베르베르 등 탁월한 작가들의 이름이 있었습니다. 무명 작가에 불과한 제가 그분들과 베스트셀러 목록에 함께 있다는 게 영광 전에 신기하고 기묘할 수밖에 없었습니다. 영세 기획사의 가수가 음원 순위 1위에 오른 것과 비슷합니다. 가슴 떨며 만든 초보 감독의 첫 영화가 박스 오피스 1등을 한 것이나 다름없죠. 뜻밖의 행운과 출판사의 역량 덕분이지만 아무튼 저는 거짓말 같은 인생 기적을 경험했습니다. 그 기적에 제가 기여했다면 두 가지 마음 덕분입니다. 그건 절망과 생존 열망입니다. 저는 절망에 빠져 숨막혔지만 그래도 죽지 않고 생존하기로 열망했는데, 베스트셀러 1위 사건은 그 와중에 튀어나온 것입니다.

저는 2017년 끄트머리에 가혹한 절망을 맛봤습니다. 눈물이 자주 났고 세상에서 사라지기를 바랐습니다. 별안간 실직하고는 그렇게 비참한 심정이었습니다. 자세히 고자질하는 건 구차합니다. 간단히 요약하자면 친구 몇 명과 동아리처럼 운영하던 작은 회사의 매출이 점점 줄어들다가 월 100만원 이하로 추락했습니다. 형식적으로는 실업자가 아니었습니다. 회사는 숨이 붙어 있고 제가 마침 대표였으니까요. 그래도 내용으로는 실직자였습니다. 할 일과 수입이 깡그리 사라졌고 미래도 깜깜했기 때문입니다. 회사의 회생 가능성이 0%에 가까웠으니 친구들이 떠나는 게 당연했습니다. 실직자인 듯 아닌 듯했던 저만 홀로 회사에 남았습니다.

실직하니 세상에서 사라지고 싶었어요

가능하면 여러분은 실직하지 마세요. 사업도 망하지 마셔요. 힘든 일이 많이 일어납니다. 자녀 때문에 가장 힘들었습니다. 아이는 고 3이었습니다. 그해 대학에 합격했는데 기쁨은 잠시였습니다. 대신 걱정이 마음을 채웠습니다. 학비와 자취방 월세와 용돈을 얼마나 오래 안정적으로 줄 수 있을지 가늠하기가 불가능했습니다. 두려움도 깊었습니다. 저의 무능이 아이의 미래를 망치지 않을까 무서웠습니다. 마술 같았습니다. 수입이 막히는 순간 저는 변신했습니다. 평범한 아버지였는데 무능력한 겁쟁이 아버지로 변신하고 말았습니다.

전업주부인 아내는 조용한 사람입니다. 소박하고 겸손합니다. 실직 후 아내에게도 변화가 생겼습니다. 원래도 돈을 아끼는 편이었지만 개인적인 소비를 뚝 멈추게 됩니다. 매번 같은 외출복과 낡은 구두 차림이었고 마트에서는 자신있게 식재료를 구입하지 못했습니다. 눈치를 보니 친구들과의 여행도 이런저런 핑계를 대고 빠지는 것 같았습니다. 제가 실직 남편이었기 때문에 아내는 치장이나 여행의 기쁨을 접어야 했습니다. 미안하고 원통했습니다.

여러분은 실직자가 되지 마십시오. 가족을 태우고 경비행기를 몰다가 사하라 사막에 불시착한 느낌이었습니다. 내가 잘못해 가족을 위험에 빠뜨렸다는 자책감에 시달립니다. 가족을 구하지 못하고 속수무책 지켜봐야 하는 무력감도 힘들었습니다.

실업의 고통이 극심해지자 그간 눈길도 안주던 탈출구가 눈에 들어왔습니다. 비겁하게도 세상에서 사라지면 해결된다는 생각이 들었던 겁니다. 내가 없으면 그 독한 실업의 고통도 나를 괴롭히지 못합니다. 나는 더 이상 수치스러워하거나 두려워하지 않아도 될 것 같았습니다. 불필요한 제가 사라지는 게 가족에게도 이로울 것 같았습니다. 하루에도 열번 넘게 저 자신과 가족을 위해 소멸하고 싶었습니다.

그런데 아내가 말했습니다. 제가 아내에게 필요한 존재라고 말입니다. 자기도 외롭고 힘드니 옆에서 도와달라고 했습니다. 순간 저는 다시 살고 싶어졌습니다.

아내가 생명 없는 저를 살렸습니다

저는 무능한 자신을 혐오했습니다. 아무짝에도 쓸모 없는 폐기물 인간이라고 믿었습니다. 그런데 아내는 생각이 다르더군요. 돈을 못벌어도 제가 중요한 사람이라고 설득했습니다. 믿기 어려웠어요. 해서 무능해도 내가 소중한가 재차 물었습니다. 아내는 그렇다고 확언했습니다. 덕분에 죽을 이유가 사라졌습니다.

이상한 일이었습니다. 아내가 저의 생사를 좌우했던 겁니다. 그리하여 저의 막연한 평생 믿음이 깨졌습니다. 저는 제가 아내를 이끈다고 생각했습니다. 제가 주도하고 아내는 따르는 사람이었어요. 나는 강하고 아내는 약하다는 생각을 한번도 의심한 적이 없었습니다. 그런데 직장을 잃고 고통에 시달리다 번쩍 각성을 하게 되었습니다. 사실은 아내가 더 강합니다. 더 현명하고 더 따뜻하며 월등히 주도적인 존재였던 겁니다. 얼마나 다행인가요. 든든한 보호자가 생겼습니다. 저는 부끄러워하지 말고 아내에게 기대면 되는 것이었습니다. 이 책에는 그 각성의 내용과 경위를 담았습니다. 아내가 나를 살릴 수 있는 유일한 사람입니다. 감사와 숭배와 찬사를 받을 자격이 충분합니다. 역시 이 책에 담긴 내용입니다.

아내가 구해줘서 저는 절망을 딛고 일어나 살기로 결심했습니다. 생존 열망이 불타오르자 돈벌이에 나서게 되었습니다. 아무리 궁리해도 제가 할 수 있는 건 영어 번역과 글쓰기밖에 없었습니다. 이전에 책을 몇 권 내고 번역한 경험이 있었습니다. 하지만 직장 생활을 하느라 10년 가량 사색적인 글을 쓰지 않은 게 걸림돌이었습니다. 저는 녹슬고 늙어 버렸습니다. 그래도 밥을 벌어 먹으려면 어떻게든 휴지기를 극복해야 했습니다. 방법은 죽도록 쓰는 것뿐이었습니다. 몇년 쉬었던 마라토너가 심장이 터져라 달리듯이 극렬히 도전해야 했습니다.

자잘한 번역 일은 제외하고 실직 후 18개월 동안 총 8권의 책을 썼습니다. 물론 8권 모두를 그 기간에 쓴 것도 아니고 출간된 것도 아닙니다. 가장 먼저 탈고한 영어 문법책 2권과 회화책 1권은 실직 몇 년 전부터 쓴 원고를 마무리한 것인데 출판사들과 뜻이 맞지 않아 출간 못했습니다. 일반 단행본 5권을 계약했고 일부는 출판되었습니다.

1년 6개월 동안 책 8권을 탈고했다고 하니 주변 사람들이 놀랍니다. 다작의 동력은 두 가지입니다. 우선은 강한 궁금증입니다. 알고픈 주제의 자료들을 끈질기게 찾아서 읽어왔던 것이 도움 되었습니다. 영어 관련 원고만 해도 약 8년 전부터 해외 문법서와 언어학 책들을 읽으며 준비했던 것입니다. 영어 문법이 정말 무엇인지 알고 싶어 견딜 수 없었습니다.

다작의 또다른 동력은 뜨거운 생존 열망입니다. 죄송하지만 글을 통해 독자분들에게 정보나 감동을 전하는 건 저의 두번째 목표입니다. 글쓰기는 우선 저와 가족이 굶지 않는 방편입니다. 저는 죽지 않으려 하루 종일 생각하고 자료를 읽고 글을 썼습니다. 친구고 뭐고 만나지 않아도 되었습니다. 이제는 사라진 사법고시 공부하듯이 했습니다. 거의 매일 지쳐서 잠들었고 새벽 5시에 눈을 뜨자마자 어젯밤에 막혔던 대목의 해결 방법을 궁리했습니다. 주말이라고 쉬어야 할 이유가 도무지 없습니다. 먹고 살기 위해 매일매일 두려움없이 글쓰기 노동을 했습니다. 감탄할 분도 있겠지만 사실 대단한 건 아닙니다. 계단을 오르내리는 택배기사의 성실성, 뜨거운 공사판 노동자의 지구력, 진상 손님에게도 미소 짓는 마트 계산원의 인내심을 보고 배웠을 뿐입니다. 저도 그들처럼 변명 없이 밥벌이에 충실해야만 했습니다.

그렇게 궁금증과 투쟁심으로 공부하고 책을 썼습니다. 죽지 않기로 결정했으니 온 힘을 다해서 생을 사는 게 의무였습니다. 그러던 중 책 하나가 베스트셀러 1위에 오르게 되었습니다. 저는 운이 좋은 편입니다. 저보다 훨씬 성실하고 월등히 빛나는 지성을 가진 사람들도 수없이 실패하니까요.

인생에는 3만 번의 기회가 있습니다

오래전 영어권 인터넷 커뮤니티에서 누군가 주장하더군요. 전적으로 동의합니다. 인생에는 3만 번의 기회가 있습니다. 80년 남짓을 살면 태양이 약 3만 번 뜹니다. 매일 매일 선택할 수 있습니다. 사람은 평생 3만 번 선택할 기회가 주어지는 것입니다.

실직한 후 저는 남은 선택이 없다고 확신했습니다. 뭘 해도 소용 없다고 믿고 좌절했었죠. 기회가 없으니 생명을 다 잃은 것만 같았습니다. 그런데 알고보니 매일 매일 새로운 선택의 기회가 주어졌습니다. 어떤 하루는 목표를 세울 수 있었습니다. 그 다음날에는 목표를 이루기 위해 어떤 일들을 할 것인지 선택할 수 있었죠. 그 다음날에는 10시간 일을 할 수 있었고 그 다음날에는 12시간 일을 했습니다. 놀고 쉴 수 있었지만 저는 꿈을 위해 자료 읽고 글 쓰기를 선택했습니다. 또 어느 날에는 처참히 좌절하고 새로운 목표를 선택했습니다. 때로는 산에 오르거나 반나절 쉬기로 결정해서 페이스를 조절했죠. 만사 귀찮으면 설거지와 청소를 했고 1시간 정도 아무말 없이 명상하기를 택했습니다. 그렇게 몇달이 지나니 책이 한두 권 나왔고 아주 우연하게도 어떤 책은 베스트셀러가 되었습니다.

베스트셀러가 아니어도 상관없습니다. 꼭 성공이나 합격을 해야 하는 게 아닙니다. 황금처럼 값진 것은 바로 오늘의 기회입니다. 오늘 하루 내가 어떤 선택을 할 것인가 결정해야 합니다. 오늘 하루 주어진 기회를 어떻게 살릴지 궁리하고 실천하면 됩니다. 의식을 날카롭게 유지해서 오늘의 기회를 거머쥐는 겁니다. 결과는 어떨지 아무도 모릅니다. 알 필요도 없고요. 그저 하루 하루 살아가다보면 답이 나오겠죠. 좋은 직장에 다니든 실직을 했든 같습니다. 젊은 부자이든 노인이든 다르지 않습니다. 삶은 단순합니다. 아주 쉽습니다. 우리는 매일 할 수 있는 범위 내에서 선택만 하면 됩니다. 사실 그것 말고는 다른 삶의 방법이 없습니다.

그런데 매일 성공의 기회만 있는 것이 아닙니다. 인간의 기회도 있습니다. 우리는 매일 더 좋은 사람이 될 기회를 갖게 됩니다. 저는 매일 조금씩 바뀌었습니다. 실직 이전에는 완고하고 완강해서 변화가 적은 인간이었습니다. 그런데 가난의 공포를 경험하고 나니 달라졌습니다. 다른 사람이 되고 싶었고 나은 사람이 될 수 있다는 걸 알았습니다. 저는 매일 조금씩 바뀌었습니다. 먼저 눈이 밝아졌습니다. 아내가 강한 존재인 걸 알게 되었습니다. 아내가 여전히 아름답고, 누구보다 따뜻하며 현명하다는 것도 인정하게 되었습니다. 이전에는 못봤던 것들이 보였습니다. 조금씩 다른 인간이 되었던 것입니다. 저는 또 매일 현명해질 기회도 누렸습니다. 욕망과 불안과 비관을 다스리면서 자신을 다독거릴 기회가 매일 있었습니다. 나는 매일 조금씩은 현명해졌고 성숙해졌습니다. 나는 또한 매일 용감해졌습니다. 그리고 매일 더 따뜻해지고 겸손한 사람이 될 기회를 맞았습니다. 제가 완전한 도인이나 훌륭한 인격체의 경지에 올랐다는 건 물론 아닙니다. 여전히 흔들리고 두려워하고 짜증을 부립니다. 그러나 매일 새로운 사람이 될 기회를 생각하면서 삽니다.

시험에 불합격하거나 애인이 떠나도 우리의 삶은 끝나지 않습니다. 실직을 하거나 일흔 노인이 되었다고 기회가 없는 삶을 살아야 하는 건 아닙니다. 바로 내 앞에 기회가 있습니다. 작더라도 매일의 성공을 이룰 기회가 있고, 더 좋은 사람이 될 기회도 주어집니다. 그렇게 단단히 마음을 먹으니 이 세상을 견딜 수 있었습니다. 여러분에게도 권해드립니다.

끝으로 드릴 말씀이 있습니다. 사실 이 책의 글들은 일관성이 부족합니다. 한 사람의 마음으로 쓴 것 같지 않을 겁니다. 죽도록 투쟁하겠다고 했다가 필요하면 쓰러지겠다고 말합니다. 어느 곳에서는 책임감을 벗겠다고 선언하는데 또 다른 데서는 아직도 책임 강박에 갇혀 있는 게 여실합니다. 전통적 남성성을 버리려고 애쓴다면서도 때로는 주도권을 포기하지 않으려 합니다. 이상하게 보이더라도 어쩔 수 없었습니다. 일관되고 통일된 글이 불가능했습니다. 직장을 잃은 후 저는 질풍

노도 속을 걸었습니다. 죽다가 살고 울다가 웃으며 지냈습니다. 내가 무슨 생각을 해야 하고 어떤 길이 나의 것인지 알다가도 모르는 상황의 연속이었습니다. 마음이 매일 뒤흔들렸던 게 사실이니 글의 비일관성을 억지로 정돈하지 않고 놔두기로 했습니다. 그게 솔직하고 맞습니다. 저의 마음 속에서는 아직도 모순과 불안의 안개가 자욱합니다. 직장을 잃고 새 삶을 개척하는 건 낯선 행성에서 생존을 모색하는 것과 같아서 무섭게 혼란스럽습니다. 여기 글은 끔찍한 혼란 속에서 영육의 생존을 모색했던 저의 투쟁 및 투항의 기록입니다.

프롤로그 : 인생에는 3만 번의 기회가 있습니다 005

1부 — 실직, 죽음의 공포, 아내의 힘

갑자기 실직했고 너무나 무서웠어요 020

죽고 싶었지만 외롭다는 아내님 덕에 살았습니다 030

이혼을 요구하지 않아서 고마워요 041

우리 인생은 벚꽃이어서 실패할 수 없어요 050

실직하니 아내님이 아름다워졌어요 057

가사노동을 하는 주부는 위대합니다 066

아내가 코를 골자 남편이 지혜로워졌습니다 075

2부 — 용기, 눈물, 남성성

좀 불행해도 괜찮다는 용기가 생겼어요 084

복권과 음주도 조금씩 즐기면서 지낼게요 091

이해받지 못해도 괜찮아요 099

아빠가 울어야 가족이 행복합니다 106

착하고 가벼운 남편이 되겠습니다 114

이제 남자답게 살지 않겠어요 122

끔찍한 세상, 굳건히 버틸게요 130

바보처럼 인생이 끝났다고 생각 않겠어요 138

3부 — 지혜, 평화, 인생의 역설

나는 돈을 못 벌지 가치 없는 사람은 아닙니다 148
조바심을 버리고 느릿느릿 살겠습니다 155
나에게 없는 것을 연연하지 않겠습니다 164
인생의 역설을 이해하니 편안했어요 171
행복의 수명을 늘리는 방법이 있습니다 180
행운 따위 없어도 행복하게 살 수 있어요 188
흔들리지 않는 마음으로 시련을 이겨내겠습니다 196

4부 — 꿈, 설렘, 행복한 실직 남편

오만했던 내 눈에 투명인간이 보이기 시작했어요 204
빌 게이츠 같은 부모가 되겠습니다 212
세상을 미워하지 않게 도와주세요 221
예쁜 아내와 사랑스러운 아이만 보고 살겠습니다 231
내 곁에 있어줘서 고맙습니다 239
꿈을 꾸세요. 내가 돕겠습니다 245
정 안 되겠다 싶으면 쓰러질게요 254
상어에게 물린 나를 구해줘서 고마워요 261

1부

실직, 죽음의 공포, 아내의 힘

갑자기 실직했고
너무나 무서웠어요

아내 서진 씨에게 보내는 첫 번째 편지입니다.

우리는 1990년대 중반에 만나 말에 결혼했어요. 정말 머나먼 옛날 같습니다. 나의 젊은 시절은 다 지나갔고 이제는 중년의 아저씨가 되었습니다. 중년이 된 지 오래되었지만 엘리베이터 거울 속 내 얼굴은 아직도 낯설어요. 젊은 시절에는 내 속에 이렇게 늙은 사람이 숨어 있었을 줄은 상상 못했습니다.

우리는 얼마전 결혼 후 가장 큰 위기를 맞았습니다. 내가 실직한 게 2017년 후반입니다. 내가 했던 일이나 겪은 사정을 자세히 세상에 공개해서는 안 될 겁니다. 가능성은 낮지만 그래도 힌트가 될 수 있기 때문입니다. 나의 부모님이나 형제, 절친한 친구가 혹시라도 이 글을 읽고 알아차리는 일이 있어서는 절대 안 됩니다. 우리 아이도 역시 몰라야 하고요. 실직 사실을 끝까지 숨길 수야 없겠지만 내가 겪은 고통, 두려움, 슬픔을 가까운 사람들에게 세세히 말하는 건 절대 싫습니다. 상처를 줄수 있기 때문이지요. 어머니는 밤잠을 이루지 못하실 것이며 숙환이 있는 아버지는 술을 드시면서 안타까워하실 겁니다. 해맑게 용돈을 요구하는 우리 아이는 죄의식을 느낄 수도 있어요. 나의 고통은 알려지지 않아야 합니다.

나의 직업 역사를 두루뭉술하게 회고해볼게요. 나는 20대말에 한 회사에서 3년 정도 일을 했습니다. 좋은 회사였고 일도 재미있었는데 정작 기억에 남는 건 명절 때 관공서 사람들에게 선물이나 현찰을 전해주는 심부름입니다. 대부분 아저씨였는데 하나같이 활짝 웃으며 기뻐했어요. 그 뒤로는 우리를 위해 더 빠르고 친절하게 일하더군요. 아직 젊은 나에게는 이상한 아저씨들의 신세계였습니다. 책을 쓰며 살겠다면서 몇 년 프리랜서로 살았던 기간도 있었죠. 3권 정도 책을 냈습니다. 이후 다니던 출판사가 망해서 제가 힘들어했던 걸 서진 씨도 옆에서 지켜봤습니다. 사장은 어느날 밤 컴퓨터와 스캐너 등을 싣고 나가 팔아버리고 해외로 떠났습니다. 회사 사무실에는 책상과 의자와 돈 안돼는 잡동사니만 남아 있었습니다. 그런 걸 폐허나 황무지라고 하지요. 배신감이 치솟았어요. 하지만 시간이 지나니 당시 사장을 원망하지 않게 되더군요. 무척 힘들었을

테고 경제적 고통이 길어지다보니 시야가 좁아져 좋지 않은 선택을 했던 겁니다.

2000년대 초반부터 2017년까지 두 회사를 다녔습니다. 마지막은 친구 몇명이 함께 일하던 작은 회사입니다. 최후에 내가 대표를 맡았죠. 어찌어찌하여 우리 회사는 망했습니다. 회사의 일감이 없어지니 나는 속수무책이었습니다. 회사는 이름만 남고 수입이나 일도 없어졌습니다. 나는 실업자가 된 것입니다. 재취업도 쉽지 않았습니다. 작은 가게를 차리는 건 엄두가 나지 않습니다. 그래서 내가 잘하고 좋아하는 분야를 택했습니다. 지금은 책을 쓰거나 번역을 하며 돌파구를 모색하고 있습니다. 어떤 책은 제법 잘 팔렸어요. 성과가 있었던 것이죠. 그러나 앞날의 보장은 전혀 없습니다. 희망을 놓지 않고 열심히 살겠지만 환상은 없습니다. 나의 객관적 처지를 잊지 않아요. 우리는 더 가난해질 수도 있습니다. 내가 노력해도 능력이 부족해 세상으로부터 외면 받을 가능성이 충분합니다. 큰 기대 없이 담담히 살아갈 생각입니다.

이상의 내용이야 서진 씨도 다 알고 있어요. 그런데 내가 지금껏 말하지 않은 것도 많습니다. 차마 말할 수 없었던 건 실업 후의 고통입니다. 괴로움과 공포를 자세히 이야기하지 못했습니다. 엄살을 부리는 걸 이해한다면 죄다 말해보겠어요. 혼자

앓던 내 마음을 편하게 해주고 싶어요. 포근한 위로를 받으면 더 좋고요.

실업자가 되어 홀로 몸부림치고 울다

말이 사장이지 동업자끼리 하는 회사였으니 똑같이 일했죠. 비굴하게 굴며 갑의 비위를 맞춰야 돈을 벌 수 있었어요. 막막하거나 괴로워도 잠을 줄여 일하면서 겨우 유지를 해왔습니다. 그런데 함께 고생하던 친구들이 나를 떠났어요. 비겁한 배신이라고 생각했어요. 분노와 원망이 가슴에 들끓었지요. 그런데 이성적으로 생각해보면 나는 아무도 책망할 수 없어요. 분명히 내가 잘못한 것도 있을 겁니다. 그게 정확히 뭔지 알 수 없지만 나 또한 원인 제공자였던 거죠. 누구를 미워하겠어요. 내 불행은 다 내 잘못입니다. 나는 무능하고 부덕한 자신이 싫었습니다. 꼴도 보고 싶지 않았어요.

아무튼 회사는 망해버렸어요. 망해버린 회사라고 당장 청산하는 것도 어려워 계속 유지할 수밖에 없었지만 매출은 거의 없었습니다. 회사를 청산해도 명색이 법인 대표였기 때문에 실업급여도 못 받아요. 실업급여라도 받으면 서진 씨와 아이에게 맛있는 걸 사줄 수 있을 텐데 내가 왜 하필 대표였나 한탄한 적이 여러 번입니다.

남은 회사 자산이라고는 주인 떠난 책상 몇 개, 컴퓨터 몇 대, 10년 넘은 전자레인지와 냉장고, 적지도 많지도 않은 규모의 부채 그리고 사무실로 쓰는 서울 주변 도시의 다세대 주택 한 칸의 전세금이었습니다. 옆방에는 노인 부부나 젊은이들이 삽니다. 방음이 안 되어서 조용한 시간이면 대화 소리가 잘 들리는 환경입니다. 아마 이웃들은 나의 고통스러운 신음을 들었을 겁니다.

얼마 걸리지 않아 확실해졌어요. 회사의 회생은 불가능하며 재취업도 희망이 없다는 사실이. 그리고 세상은 내게 무관심하다는 사실도 알게 되었습니다. 아무도 없는 사무실에서 점심밥 대신 2천원어치 어묵을 앞에 두고 막걸리를 마시며 울었습니다. 사무실 바닥에 엎드려 몸을 비틀고 고통스럽게 신음도 했습니다. 그래봐야 밖에는 햇살이 가득했어요. 내가 아무리 비통해도 세상에는 아무 일도 일어나지 않았습니다.

나는 실업자입니다. 미안하고 두려웠습니다. 가족을 불행하게 만들 것만 같았고 나중에 늙어 극빈층이 될 가능성이 높다고 판단했습니다. 병들고 굶주려 죽어가는 노인이 나의 미래라면 내가 연명할 이유가 없었습니다. 죽고 싶었습니다. 나 자신이 무가치한 인간이라고 믿었습니다. 나는 돈도 못 벌었고 당장 할 일도 없었어요. 가족에게 도움을 주지 못해요. 나는 없어도 되며 있어봐야 누구에게도 도움이 될 것 같지 않았어요. 살 이유가 없었던 겁니다.

나를 망친 그 사람들과 세상이 싫었습니다. 사실 그들 잘못은 없을텐데 그때는 누군가를 미워해야 그나마 견딜 수 있었습니다. 나쁜 사람들은 혼내주고 싶었지만 생각뿐이었어요. 전화를 걸어 항의하거나 문자로 저주하는 일도 하지 못했죠. 왜 그랬냐고 물어볼 엄두도 나지 않았어요. 혼자 속으로만 분노를 폭발시켰습니다. 나 가슴 속에서 폭탄이 터지는 셈입니다. 내상이 깊어졌습니다. 내 속은 매일 무너지고 상처투성이가 되었습니다. 그런데 세상 밖은 화창했어요. 세상은 나에게 무관심했죠. 나를 버린 세상이 미웠습니다. 그런데 내가 세상을 어찌할 수도 없었습니다. 세상의 환심을 다시 얻을 수도 없었고요. 내가 죽어 이 세상에서 사라지는 게 합리적인 방법이라는 결론에 가까워지더군요.

난생 처음 정신과에 가서 도움을 청했습니다. 처방해 준 약으로 며칠을 편하게 보냈지만 결국은 내 맘속 미안함과 두려움과 증오는 잠들지 않았습니다. 약 대신 술을 퍼 마셨어요. 양주는 비싸서 못 먹고 소주와 맥주를 섞어서 마셨습니다. 집에서 마셨고 가족 눈치가 보일 때는 작은 회사 사무실에서 혼자 들이켰습니다. 위장 내벽에 상처가 생겨 몹시 쓰렸어요. 늘 머리가 아프고 구역질이 나며 정신이 몽롱했어요. 수축 때 혈압이 130대였는데 170에 육박했습니다. 이러다 죽겠다 싶었죠. 그러자 웃음이 났습니다. 죽어버리고 싶었던 마음은 사실 가짜였던 겁니다. 죽는 게 갑자기 무서워졌어요. 살고 싶었습니다.

반전, 실직이 뜻밖의 선물을 주다

나는 실직 후 12개월 정도 지난 시점에 띄엄띄엄 이 책을 쓰기 시작했습니다. 실직자 신세가 1년 넘게 지속되었지만 나는 죽지도 않았고 미치지도 않았어요. 고통은 컸지만 나는 나를 파괴하거나 떠나지 않았습니다. 변화는 있었습니다. 나는 엄청나게 진화했다고는 못해도 분명히 달라졌어요. 새로운 것에 눈을 떴습니다.

우선 아내 서진 씨의 외모를 재평가하게 되었어요. 서진 씨가 아름다워 보이더군요. 수십년 동안 알지 못했던 매력도 찾아냈습니다. 귀가 눈부시게 예쁘다고 생각하게 된 것입니다. 또 탄력을 잃은 얼굴 피부와 복부의 살집이 그간 불만이었으나 이제 흉하지 않아요. 자연스러운 변화라고 생각합니다. 또 소중한 아내를 이루는 일부라고 보면 흉할 이유가 없습니다. 아내 매력의 재발견이 실직이 준 첫번째 선물입니다.

아내에 대한 감사의 마음도 커졌습니다. 나에게는 서진 씨가 최후까지 남을 아까운 존재라는 걸 절감하게 된 겁니다. 우리의 아이는 곧 떠날 것이고 친구들도 점점 소원해지겠죠. 마지막까지 남아서 나를 보살피거나 나의 보살핌을 받아줄 사람은 바로 서진 씨라는 쉬운 사실을 이제야 알게 되었습니다. 아내를 향한 감사의 마음이 실직의 두번째 선물입니다.

가난해진 덕분에 나는 자유를 얻었습니다. 남성성의 족쇄에서 조금은 풀려나게 되었어요. 나는 전형적 남자였습니다. 가족을 위해 어떻게든 돈을 벌어야 한다는 강한 책임감에 짓눌려 살았죠. 처음부터 끝까지 내 책임이라고 생각했어요. 이제는 내가 일부만 책임져도 된다고 생각합니다. 또 가장으로서 가족들의 삶까지 통제하고 이끌려고 했던 것도 반성합니다. 내가 정의롭고 현명하니까 아내와 아이는 나를 따라야 한다고 생각했습니다. 그러나 가부장적 오만이었습니다. 어리석었죠. 지나친 책임감과 오만에서 벗어나니 마음이 편해졌습니다. 수평적 관계와 다정함이 남자를 행복하게 만든다는 걸 알았습니다. 전통적 남성성을 벗어던지려 합니다. 가부장 자리에서 퇴위하기로 마음 먹었습니다. 이 또한 실직의 선물입니다.

지혜에 대한 갈증이 커진 것도 실직 후 겪은 변화입니다. 실직하니 마음의 고통을 치유할 방법을 알고 싶었어요. 가슴을 짓누르는 슬픔이나 두려움을 극복하려면 어떻게 해야 할지 궁금했어요. 나는 마음에 오랫동안 무관심했습니다. 돈 벌고 일을 한다는 게 외부만 바라보는 것이어서 내면은 소홀하게 됩니다. 이제는 삶의 지혜를 갈망합니다. 이런 변화도 실직이 가져다준 네번째 선물입니다.

서진 씨. 우리 앞에 어떤 삶이 기다리고 있을까요. 아파트도 없고 든든한 개인 연금도 없는 우리는 가난과 고통과 눈물만 겪으며 늙게 될까요. 나는 그 문제를 깊이 생각해봤습니다. 그리고 나 스스로에게 당부하고 싶습니다. 불행을 확신하지는 말아야 할 겁니다. 우리는 바닥을 향해 추락하는 게 아닙니다. 인생의 유배를 떠나는 것도 아니고요. 종착지가 어떨지 모르는 여행에 나섰을 뿐입니다. 두렵지만 새로운 걸 만나 더 현명해질 수도 있으니 기대도 됩니다. 서진 씨를 의지하면서 열심히 살아보겠습니다. 미안합니다. 그리고 고맙습니다. 나에게 용기를 주세요.

죽고 싶었지만 외롭다는
아내님 덕에 살았습니다

나의 고마운 아내 서진 씨. 나는 스스로 생을 마감하고 싶었습니다. 이런 고백을 들으면 서진 씨나 가까운 가족이 놀라는 걸넘어 벼락을 맞은 듯 충격을 받을 거라는 거 압니다. 부모님은견딜 수 없이 비통해하실 겁니다. 형제 자매들과 우리 아이는마음이 미어질 겁니다. 절대 들키고 싶지 않습니다. 그래서 내가슴속에만 품어 왔습니다. 하지만 털어놓지 않을 수 없습니다. 무엇보다 엄청난 무게감 때문입니다. 나의 비밀은 갈수록무거워졌습니다. 처음에는 물에 젖은 솜덩이 정도였는데 나중에는 커다란 쇳덩이 같았어요. 가슴을 열고 이걸 꺼내놓지 않으면 내 속이 다 주저앉을 것 같았습니다. 그래서 고백합니다.

또 다른 이유도 있죠. 내 인생에서 의미가 큰 경험을 글로 객관화시키고 싶었습니다. 나는 왜 죽고 싶었을까요. 그리고 죽지 않기로 결심한 까닭은 또 무엇일까요. 나도 궁금했습니다. 나에 대한 호기심이 이 글의 또 두 번째 이유입니다. 세 번째 이유는 이타적이라고 할 수 있습니다. 세상에는 몹시 힘든 지경에 빠진 사람들이 적지 않을 것인데, 설사 부끄럽고 피곤하더라도 나의 사례를 들어서 견뎌달라고 간곡하게 설득하고 싶습니다.

한번 시작되니 목숨을 끊겠다는 생각이 자주 잇따랐습니다. 실직 직후에 하루에 열번 스무번 그런 나쁜 충동을 느꼈어요. 실행했던 것은 아니지만 소멸하고 싶다는 생각이 머리를 떠나지 않았습니다. 빠르게 달리는 지하철 창밖을 보며 상상하고, 사람들이 극단적 선택을 한 사건 기사를 찾아서 유심히 읽고, 아파트 15층에서 아래를 한참 동안 내려다봤습니다.

내 밥벌이 능력이 멀쩡하고 기세등등할 때는 서진 씨를 애지중지하지 않았는데, 내가 당장 오늘 소멸하고 헤어질 수도 있다고 생각하니까 달랐습니다. 서진 씨가 내 머릿속에서 갑자기 절실한 존재가 되었습니다. 그리고 끝없이 유치해졌습니다. 영화 '타이타닉'의 대사를 우연히 봤습니다. 혼자 가슴이 찌릿했어요.

"로즈. 승선 티켓을 얻은 건 내게 있었던 최고의 일입니다.

덕분에 내가 당신에게로 왔어요. 그게 나는 감사합니다. 로즈. 정말 감사한 일이라고 생각해요. 이제 나를 위해 영광된 일을 해줘요. 당신은 살아남겠다고 약속해요. 어떤 일이 일어나고 아무리 절망적이라도 포기하지 않겠다고 약속해줘요. 로즈, 지금 약속해줘요. 그리고 그 약속을 잊지 말아줘요."

낯간지러운 대사지만 그무렵 나는 제 정신이 아니었습니다. 대사가 내 맘을 대신 표현하는 것 같아서 진정으로 감동했습니다.

낯선 남자에게 죽고 싶다고 고백했어요

로즈를 떠나는 잭처럼 나도 홀로 떠나고 싶었습니다. 몇번 그 생각을 했더니 '죽고 싶다'는 생각은 곧 버릇이 되어버렸어요. 고개를 떨구고 걸었고 하루 종일 한숨을 쉬었습니다. 작은 어려움만 닥쳐도 내 생명의 스위치를 꺼버리면 좋겠다고 소원했어요. 충동은 나도 모르게 가속도가 붙더군요. 가파른 언덕을 뛰어내려가는 기분이었죠. 이러다 정말 죽을 것 같다는 판단이 들었어요. 한편으로는 죽고 싶지만 마음 다른 쪽은 목이나 팔다리가 부러져 죽는 게 무서웠습니다. 그래서 평생 처음 정신과 의사를 찾아가 호소하게 된 겁니다.

"죽고 싶어요. 매일 매일 그런 생각을 합니다."

도와달라는 뜻이었어요. 죽을 것 같으니 어떻게 해달라는 거였죠. 다급한 목소리였기 때문에 의사는 조금 놀란 눈치였습니다.

"예? 그런 생각을 왜 하시나요?"

"희망이 없어요. 직장을 잃었고요. 돈도 얼마 없어요. 가족들에게 도움을 더 줄 수 없습니다. 이제 세상이나 집에서 필요가 없어요. 죽고 싶어요."

내가 넋을 놓고 한숨을 쉬었습니다. 의사는 또박또박 강조하듯 반박했습니다.

"아닙니다. 선생님은 가족에게 소중하세요. 분명히 틀림없이 그래요."

무슨 근거로 그런 말을 하는 걸까 싶었어요. 희망 잃은 가장의 마음을 다시 설명해줘야 했죠.

"아뇨. 난 가족에게 부담만 됩니다. 보상금이 많이 나올 사고사였으면 좋겠어요. 그래야 가족들에게……."

"그런 나쁜 생각하시면 절대 안 됩니다. 가족들을 위해 힘을 내셔야 해요. 왜냐하면…"

의사는 건성이 아니었습니다. 직업적 관성으로 그러지 않았습니다. 진심으로 위로하고 용기를 주려고 했었죠. 그런데 내 귀에 그의 말이 들어오지 않았어요. 음소거가 된 겁니다. 그리고 눈물이 났습니다. 따뜻한 눈물방울이 뺨을 타고 내려가 맺혔다가 똑똑 떨어지는 걸 느낄 수 있었어요. 나의 말이 감정을 자극하고 감정은 또 눈물샘을 자극해서 나는 창피하게도 낯선 남자 앞에서 울고 말았던 겁니다.

나는 이런 생각을 했던 것 같아요. '이제 아무것도 해줄 게 없어. 내가 사라져도 가족들은 아무렇지 않아. 어쩌면 내가 없어지는 게 가족에게 이로울 거야.'

어떻게 하면 가족을 도울 수 있을까요. 실직 직후에는 수입이 딱 끊겼습니다. 나의 노동과 돈을 바꿀 수 없었어요. 나는 원하는데 세상이 거부합니다. 그러면 내 생명과 돈을 바꾸면 어떨까 생각했어요. 홀로 고독하게 숨을 거두면 아무런 경제적 이익이 없어요. 그렇다고 차를 몰고 다른 차를 들이받는 건 아주 부도덕합니다. 나의 의지와는 무관하게 우연한 사고에 내가 엮여서 희생이 되면 정당한 보상금이 가족들에게 주어질 겁니다. 내가 가족들에게 할 수 있는 마지막 선물이죠. 그리고 나의 경제적 가치의 장렬한 최후 실현이기도 할테고요. 그렇게 생각이 이어졌습니다. 죽어버리되 가족에게 경제적 도움을 주는 우연한 방식으로 죽고 싶었던 것이죠.

물론 바보 같은 생각이죠. 그러나 절실했고 정말 그렇게 믿어 의심하지 않았어요. 나는 가족에게 가치 없는 존재라고 확신했습니다. 돈을 더 벌 수도 없으니 있으나마나 한 존재인 것 같았어요. 내 생각이 가족들에게 투사되었어요. 가족들이 나를 가치 없는 사람으로 여긴다고 멋대로 믿게 된 거죠. 나를 봐주지 않는 것 같았습니다. 나의 말은 서진 씨와 아이 그리고 가까운 친지들의 귀에 가닿지 않는 것 같아 외로웠습니다. 식탁에 마주앉아 맛있는 음식을 씹으면서도 쓸쓸했습니다. 소파에 같이 앉아 있으면서도 낯선 행성인 듯 고독했습니다.

서진 씨의 한 마디가 나를 살렸어요

아무에게도 필요 없고 도움도 안되니 죽자 싶었습니다. 진심으로 사라지고 싶었다고 생각했습니다. 하지만 덜컥 겁도 났습니다. 죽느냐 사느냐 갈등 속에 갇혀 지내다 결국 의사에게 갔고 약을 처방받아 먹었습니다. 도움이 된 것이 사실이지만 부작용은 있었습니다. 하루 종일 정신이 멍할 때가 있었습니다. 좌절감과 두려움이 사라진 대신 사고력도 증발한 느낌이었습니다.

그래도 약을 계속 먹었습니다. 설사 바보가 된다 해도 좋다고 생각했습니다. 자살 충동이 너무 무서웠으니까요.

그런데 말입니다, 놀랍게도 진정한 명의는 우리집에 계셨어요. 바로 서진 씨가 나의 자살 충동을 고쳐주었던 거죠. 먼저 말을 꺼낸 것은 나였습니다. 그날 내 절망적인 속마음을 털어놓기로 결심하고 강아지 입양 문제를 꺼냈어요.

"강아지를 기르고 싶어요."

"또 그 이야기예요? 돈도 많이 들고 무엇보다 새 생명을 들인다는 게……."

"그렇죠. 아기를 하나 입양하는 거랑 다르지 않겠죠."

"맞아요. 평생 책임져야 해요. 그게 쉬운 일이 아니에요."

생명이 다할 때까지 반려견을 보살핀 경험이 있기 때문에 서진 씨는 강하게 반대했어요. 난 반대할 줄 알았어요. 먹히지도 않을 이야기를 꺼낸 데는 심산이 따로 있었어요.

"그래도 강아지를 기르고 싶은 마음이 생각이 들어요. 왜 그런지 알아요?"

"왜죠?"

"외로워서요. 너무 외로워서 그래요."

서진 씨는 놀란 표정이었어요. 내가 외로운 것도 뉴스지만 외롭다고 말한 게 더 놀라웠을 겁니다. 나는 언제나 강한 남자였어요. 감정을 드러내지 않고 논리적으로 말하는 이성적인 남자였죠. 그런 내가 외롭다며 칭얼거리니 의아했을 겁니다. 서진 씨는 당황해 말이 없었습니다. 서진 씨가 흔들리자 나는 힘이 났어요. 말이 나온 김에 더 쏟아부었죠. 내가 얼마나 외롭고 힘든지 모른다고 더 크게 투정부린거죠.

"난 이제 만날 사람도 없어요. 집에서도 외롭고요. 내 가치가 다한 것도 알아요. 강아지라도 기르면 날 좋아해줄 것 같아요."

떼를 쓰는 것 같아 창피했지만 한편 속시원하더군요. 한이 풀리는 느낌이었습니다. 나의 서러움을 토해냈으니까요. 나를 거들떠도 보지 않는 매정한 가족도 욕해준 셈이니까 통쾌했어요. 하하하 내가 이긴 것입니다. 그런데 서진 씨의 단 한 마디에 나의 승리감이 무너집니다.

서진 씨가 심드렁하게 맞받았어요.

"나도 외로워요. 무척."

서진 씨도 외롭다고 했습니다. 거짓말 같았어요. 내가 보기에 서진 씨는 바쁜 사람입니다. 친구도 자주 만나고 동네 엄마들과 모임도 빈번히 해요. 내가 모르는 여러 사람들과 하루 종일 카톡을 하죠. 또 열렬히 좋아하는 연예인이 있으며 드라마도 즐겁게 봐요. 한손에는 스마트폰, 다른 손에는 TV 리모컨을 들고 하루를 보냅니다. 내가 보기에 서진 씨는 외로울 틈이 없었어요. 그런데 서진 씨가 말했던 겁니다. 자기도 외롭다고. 절친 모임 말고는 싫어도 나가는 것이고 카톡은 예의상 답해주는 것이며 드라마도 다른 게 볼 게 없어 보는 것이지 정말 행복하지는 않다고 했습니다. 마음은 둘 곳이 없어 쓸쓸하다고 했습니다.

나는 내가 정말 바보 같다고 생각하게 되었어요. 바로 곁에 있는 사람을 이렇게 모르는구나 싶었습니다. 난 도대체 타인의 마음에 관심이라도 있는 건지, 타인의 마음을 상상할 능력이 조금이라도 있는지 스스로 의심하게 되었어요.

외로운 내 마음을 몰라준다면서 칭얼거렸던 나는 사실 내 아내의 마음도 까맣게 몰랐던 겁니다. 부끄러운 생각이 들 수밖에 없었어요.

그리고 놀라운 반전이었습니다. 다른 한편으로는 무척 기뻤던 겁니다. 서진 씨가 외롭다는 게 감사했어요. 왜냐고요? 생각해보세요. 서진씨가 외롭다면 내가 끼어들 여지가 있기 때문입니다. 내가 노력하면 서진 씨의 인생에서 비중 있는 사람이 될 수 있는 거죠. 경쟁이 치열하지 않아요. 블루오션입니다. 내가 가족에게 쓸모 있는 존재가 될 가능성이 남아 있다는 겁니다.

그렇군요. 나는 무가치하지 않습니다. 비록 돈벌이 능력은 잃었지만 아직도 서진 씨에게 도움을 줄 수 있는 겁니다. 외로움을 달래고 친구가 될 여지가 있어요. 아마 우리 아이에게도 마찬가지일 겁니다. 돈을 못 줘도 함께 있는 것만으로도 도움이 될지도 모르는 겁니다.

그렇다면 내가 죽어 사라질 이유가 없습니다. 내가 살아 있어야 가족에게 이롭습니다. 나는 무가치 하지 않습니다. 나는 살기로 마음 먹게 됩니다.

죽으려는 사람을 살리는 법

직장을 잃었더라도 나에게 가치가 남아 있는 겁니다. 나는 잉여 인간이 아닙니다. 아마 가족들은 나를 사랑하고 있을 겁니다. 그렇게 생각하니 외롭지 않았고 죽고 싶다는 생각도 쏙 들어가더군요. 신기했습니다. "나도 외로워요" 말 한 마디로 사람을 구했으니 기적이에요. 촌철구인입니다. 서진 씨가 어느 정신건강의학과 의사보다 명의이십니다.

스스로 목숨을 끊는 사람은 공통된 확신을 갖는 것 같아요. 자신이 무가치하다고 굳게 믿는 것이죠. 가족과 친구 등 소중한 존재에게 기쁨을 줄 수 없다고 믿게 되면 아주 위험합니다. 자신이 사라지는 게 가족에게 오히려 이롭다는 결론에 이르게 되기 때문이죠. 이 경우 치명적인 일이 일어날 수 있어요.

자신의 가치를 부정하면서 절망에 이른 사람들을 어떻게 구할 수 있을까요. 진실을 말해주면 될 것 같아요. 네가 아주 소중하고 가치 있는 존재라고 일깨워주는 것이죠. 대체불가능한 네가 사라지면 가족들이 영원한 슬픔에 살며 괴로울 거라고요. 돈이나 합격이나 성공 다 필요없고 네가 그냥 잘 먹고 숨만 쉬어줘도 기쁨이라고 말해주면, 그 사람은 귀찮게 죽을 길을 찾지 않을 것 같아요.

나는 서진 씨 덕분에 살았습니다. 외로워해줘서 고마워요. 내가 서진 씨 삶에 끼어들어 좋은 친구가 될 수 있다고 알려줘서 감사해요. 정말 고맙습니다. 청소와 설거지를 더 자주 할게요.

이혼을 요구하지 않아서
고마워요

서진 씨. 왜 가난해져 버린 남자의 가정은 쉽게 해체되는 걸까요. 단지 돈벌이 능력을 잃었기 때문만은 아닌 것 같아요. 그가 희망 없는 괴물로 변신한다는 게 더 큰 이유일 겁니다. 절망을 평계로 지옥판이 될 때까지 가족들을 괴롭히는 남자들이 있습니다. 아내와 자녀가 못 견디고 떠나는 건 자연스러운 일이 되겠죠.

우선 언론 기사에 나오는 전형적인 '실직남' 스토리를 볼까요. 여러 신문이나 방송에서 소개하는 실직 가장들의 인생 역정은 어쩌면 다 거기서 거길까요. 보통 이래요.

'실직한 50대 김모씨'는 20년 다닌 직장에서 하루아침에 해고되지만 의욕을 잃지 않고 개인 사업을 시작했다. 그런데 절대 다수의 자영자들처럼 그도 얼마 못가 망해버리고 빚더미에

앉았다. 이제 선택할 수 있는 건 용달업이나 건설 노동인데 이것도 쉽지 않았다. 김모씨는 몸과 마음이 상해 자포자기하게 되고 술에 의존해 하루하루를 보낸다. 가족들은 지쳐서 떠나버리고 혼자가 된 김모씨는 가끔 자녀에게 안부를 묻는 연락만 한다.

많이 봤던 이야기일 겁니다. 요즘은 저런 사연을 읽으면 가슴이 더욱 뭉클해집니다. 동병상련이겠죠. 그런데 실직자 김모씨에 대한 많은 언론 기사가 설명하지 않고 빼 먹는 게 있습니다. 그가 괴물이 된다는 사실은 말해주지 않는 거죠. 나도 예전에는 눈치채지 못했어요. 실직자가 되고 나서야 주변의 이야기가 귀에 들어왔어요. 또 인터넷 카페나 커뮤니티에 올라온 가족들의 절절한 고민을 읽어봐도 그래요. 많은 실직남들이 견디기 힘든 괴물이 됩니다. 특히 술이 문제죠.

많이 마셔본 내가 잘 알죠. 술은 신기루입니다. 술을 마시면 안식할 수 있을 것 같지만 술은 몸과 마음을 더 고단하게 만들죠. 술은 속임수 허깨비 오아시스입니다. 또 술은 샘물이 아니라 바닷물입니다. 갈증난 사람의 목을 축여주는 건 잠깐이고 곧바로 목을 태웁니다.

그런데 알코올 의존증 환자 본인에게는 술이 공기와 같아요. 호흡을 멈출 수 없듯이 음주를 쉴 수가 없어요. 매일 쉬지 않고 술을 마십니다. 술을 깬 후에는 머리가 깨지는 숙취를 달래려고 술을 마시고, 또 깬 후에는 폭음이 창피해서 다시 마시며, 새벽에는 잠이 오지 않아 병나발을 붑니다. 모든 희망이 사라졌을 때 나도 그랬습니다.

실직, 실패, 실연, 실망 그리고 불합격 등 폭음의 원인은 많겠지만 술에 빠진 사람들의 목표는 같습니다. 고통에서 벗어나는 겁니다. 그러나 꿈을 이루지 못할 겁니다. 하루종일 술을 마셔도 고통은 떠나지 않아요. 오히려 더 진득거리며 들러붙어 한몸이 될 겁니다. 나아가 괴로움은 다양화됩니다. 파멸의 공포가 머릿속에 들어 앉고 자책감은 심장에 그리고 후회는 폐부에 자리잡을 겁니다. 특히 내가 경험한 실직 남편 신세는 괴로워요. 아무리 술 마시고 발버둥쳐봐야 소용이 없어요. 파멸할 것 같은 두려움을 떨칠 수 없고 심장이 뛸 때마다 나 자신이 싫고 숨을 쉬는 순간순간 과거를 후회하게 될 겁니다.

이때 결정해야 합니다. 이제 술과 어울리는 걸 그만두고 일어설 것인가, 아니면 더 마실 것인가. 끝까지 마셔 정말로 끝장을 볼 것인가.

다행히 나는 전자를 택했지만 더 마시기로 결심하는 실직자들도 많습니다. 집안의 몇몇 어른들이 그랬고 후배 하나가 그랬다고 들었으며 몇몇 노숙인의 스토리도 여기 저기서 읽었습니다.

더 마시면 괴물이 됩니다. 고통과 공포가 깊어져 나를 삼킵니다. 곧 가족들도 괴로워집니다. 남자가 자학을 멈추고 타학을 시작하면 가족들은 지옥에 떨어진 기분일 겁니다. 가족들에게는 남자는 이제 사람이 아니라 짐승이나 괴물입니다. 떠날 수밖에 없는 겁니다.

위의 '50대 실직자 김모씨'의 가족은 해체되었습니다. 김모씨는 가족들에게 갖가지 행패를 부렸을 것입니다. 절망을 핑계로 자신을 학대하고 가족들도 괴롭히면서 해체의 원인을 제공했을 겁니다. 그러면 이혼을 당하고 가끔 안부 연락하는 것만으로 만족하는 외톨이가 되어버립니다. 나는 괴물이 되어 가족을 해체한 실직남들에게 깊은 연민을 느낍니다.

서진 씨, 직장인이었을 때는 이웃의 이혼 이야기가 듣기 싫었어요. 구질구질하다는 느낌이었어요. 그런데 이제는 다릅니다. 나에게도 닥칠 수 있는 일이다 싶어요. 실직이 갑자기 찾아온 것처럼 이혼의 위기도 돌연 덮칠 수 있다고 봐요. 혹시 우리가 싸우고 미워하게 되어 결국 가족 해체를 선택하게 되면 어쩌나 두렵기도 하답니다. 어떻게 해야 그런 비극을 피할 수 있을까요. 실직남이 술에 빠지지 않을 뿐 아니라 자기 역할도 해야 합니다. 벌 수 있는 만큼 힘을 다해 돈을 벌어야 하는 겁니다.

주변에 교훈을 주는 사연이 많아요. 고등학교 후배 A는 40대 중반에 직장을 잃었습니다. 본성이 성실하고 업무에도 능해서 인정 받았지만 상사와 사이가 좋지 않았다고 하더군요. 다른 회사로 얼마든지 옮길 수 있다고 생각하고 사표를 던졌는데 눈높이에 맞는 직장을 구하기 어려웠어요. 구직 활동을 6개월 정도 열심히 하던 후배는 어느날 신세계를 만납니다. 바로 게임이 빠진 것이죠. 밤새 컴퓨터 게임을 하며 행복을 맛보게 됩니다. 그런데 그런 아빠의 모습은 초등학생 아들에게 나쁜 영향을 줬습니다. 아이도 TV를 보거나 스마트폰 게임을 하면서 시간을 많이 보냈다고 합니다. 또 아빠가 통제하지 않으니까 아이는 학교와 학원 숙제를 빼먹었습니다. 직장에서 늦게 퇴근한 아내는 집안 일도 하고 남편과 다투고 아이도 훈육하느라 몇 배로 힘들었겠죠. 아내가 화를 내는 것은 보통이고 눈물을 터뜨린 날도 적지 않았다고 합니다.

노력은 배신하지 않아요. 후배의 게임 실력이 날로 일취월장하던 어느날, 올 것이 왔습니다. 아내가 후배를 앉혀 놓고 말했다고 합니다. 후배 아내의 통고는 대충 이랬는데 한다리 건너 전해 들은 나도 오싹하더군요.

"나를 나쁜 여자라고 생각하고 욕해도 좋다. 솔직히 당신은 내 인생의 짐이다. 내가 용돈주고 먹이고 돌봐야 할 아들은 원래 하나였는데 당신이 실직한 후 둘을 책임지게 되었다. 내 월급으로는 하나도 힘들다. 헤어져주면 내가 편하겠다. 미안하지만 진심이다. 이혼하자."

후배는 화가 날 수밖에 없었습니다. 돈을 못 번다고 남편을 버리겠다는 소리였으니까 배신감과 분노가 컸다는 겁니다. 홧김에 이혼해주겠다고 큰소리쳤던 후배는 곧 현실을 자각하게 됩니다. 이혼을 하면 아들과 떨어져 살아야 합니다. 재취업을 한다고 해도 좁은 집에 거주하면서 스스로 청소하며 밥을 해야 생존할 수 있을 겁니다. 이혼 경력과 아이도 있고 배까지 하마처럼 나왔으니 새 여자를 만날 가능성도 낮아요. 앞이 깜깜해진 후배는 백기를 들었습니다. 게임을 당장 집어치우고 열심히 일하겠다고 약속했습니다. 원하는 일자리에 취업이 안 되면 아르바이트나 생산직 노동이라도 하겠다면서 아내에게 매달렸습니다. 아내가 후배에게 기회를 주면서 갈등은 봉합되었다고 하더군요. 벌써 몇년전 일입니다. 후배는 변했어요. 돈벌이에 열심입니다. 그리고 이제는 컴퓨터 게임을 숨어서 한다고 했습니다.

서진 씨도 아는 친척 B는 50대 중반에 이혼 요구를 받았다고 말하더군요. 한참 어린 여자와 결혼한 게 자랑이었던 그는 서울 용산에서 전자 제품을 팔아 적지 않은 돈을 벌었지만 점점 사세가 기울더니 결국에는 백수가 되었습니다.

명색이 사장이었으니 아무 일이나 할 수 없다며 모아둔 돈을 까먹으면서 살았죠. 통장 잔고가 바닥 나자 아내가 백화점 판매원으로 나설 수 밖에 없었습니다. B의 아내는 악착같이 돈을 벌었습니다. 남편이 허송세월하며 편하게 지내는만큼 아내의 삶은 고달팠습니다.

나이 어린 아내에게 평생 큰소리치며 살던 B는 인생 최대 위기를 맞게 됩니다. 아내가 이혼을 요구했기 때문입니다. 아이들이 대학교에 진학했으니 부모가 이혼해도 상처를 받지 않을 것이니 헤어지자고 했답니다. 평생 남편 밑에서 눈치보며 시중들다시피 했던 것이 정말 싫다고도 덧붙였다더군요. 남자는 처음에는 화를 내고 큰소리를 쳤지만 곧 백기 투항했습니다. 그러나 아내는 이혼 요구를 접지 않고 있습니다.

실직한 남자 중 일부는 이혼당할 확률이 높아집니다. 알코올에 빠져 점점 괴물이 되어가면 이혼 확률은 거의 100%죠. 꼭 술이 아니더라도 불성실하고 무책임하면 이혼을 요구 받을 수 있어요. 나도 남자지만 충분히 이해합니다. 몸이 아프다면 모를까 멀쩡한 사람이 용돈조차 안 벌고 천하태평 놀기만 한다면 사랑이고 정이고 다 떨어지고 말 겁니다.

서진 씨. 나에게 이혼을 요구하지 않아서 고맙습니다. 내가 괴물이 되었거나 한량이 된 것은 아니지만 경제적 효용 가치가 폭락했는데도 업신여기지 않은 걸 감사하게 생각합니다. 구박을 견디며 살아가는 다른 실직 남편의 이야기를 들어보니 나는 전생에 덕을 많이 쌓은 모양이네요.

혼자 상상해봤습니다. 서진 씨를 따라다니던 다른 남자와 결혼했다면 서진 씨의 삶은 어땠을까 그림을 그려봤죠. 그 남자가 지금 어떻게 사는지 모르지만 좋은 대학 공대를 다녔고 성실한 사람이었으니 나보다는 경제적 능력이 좋았을 겁니다. 그 사람과 결혼했다면 서진 씨가 더 편안할 수 있지 않았을까요. 노년에 대한 걱정도 없을 것 같고요. 경제적 어려움을 겪게 만든 게 미안해서 이렇게 얼토당토 않은 상상을 하게 됩니다.

하지만 내가 다다른 결론은 긍정적입니다. 현재가 과거를 바꾼다고 하잖아요. 과거의 의미는 현재 상황에 따라 변화하는 겁니다. 현재 행복하면 과거의 연애도 행복한 추억이죠. 현재가 지긋지긋할 때에는 아름다운 사랑의 추억도 끔찍해지죠. 과거는 현재의 산물입니다. 어제를 오늘이 만듭니다.

우리의 현재가 망가지지 않도록 애쓰겠습니다. 오늘도 행복하고 내일은 더 행복하도록 내가 할 일을 다 하겠습니다. 약속해요. 사랑과 결혼을 후회하는 일은 우리에게 없을 겁니다.

우리 인생은 벚꽃이어서
실패할 수 없어요

서진 씨. 내가 만든 퀴즈를 낼게요. 인생은 튤립일까요 아니면 벚꽃일까요. 튤립은 줄기 위에 보통 한송이가 피어나죠. 벚나무에는 수백 수천 개의 꽃이 피고요. 내 생각에 인생은 튤립이 아니라 벚꽃에 가까워요. 한송이를 피우지 못하면 망하는 게 튤립입니다. 벚꽃은 몇송이를 피우지 못해도 나머지 꽃이 있으니 아름다워요. 우리의 삶은 수천 개의 꽃을 피웁니다. 몇 개쯤 꽃잎이 떨어진다고 해도 우리 삶은 거뜬하고 아름다워요. 돈을 많이 못벌어도 괜찮아요. 다른 꽃을 피우면 되니까요. 취업에 실패하거나 좋은 대학을 못 나와도 문제 없어요. 행복의 다른 길이 있을 테니까요.

두 번째 질문을 하겠어요. 인생의 패배자가 존재할까요 아닐까요. 아닙니다. 내 생각에는 실패한 인생이 없습니다. 인생은 실패할 수 없는 것입니다. 인생은 벚꽃이어서 실패할 수 없어요. 인생에는 수많은 선택지가 있습니다. 하나의 목표를 피우지 못하면 다른 것을 시작하면 되거든요. 실패한 인생은 신화입니다. 서진 씨가 일깨워준 사실입니다.

얼마 전까지만 해도 나는 내 인생이 실패작이라고 생각했어요. 슬펐어요. 억울하고 비참했어요. 나도 한때는 해맑은 어린이였고 꿈 많은 청년이었어요. 내 인생이 실패할 거라곤 생각하지 못했죠. 그러나 현실은 가혹해요. 나는 직장을 잃고 말았습니다.

서진 씨. 남들은 다 잘 살고 나만 쓰러진 것 같았습니다. 남들은 계속 성공을 누리는데 나만 실패한 것 같았어요. 수입이 급격히 줄어들고 새 직장도 못 구했으니까 나는 인생의 패배자인 게 틀림없었어요. 서진 씨에게 이렇게 토로했던 것 같아요.

"나는 성공하는 인생을 살고 싶었어요. 돈도 잘 벌고 가족들을 든든히 부양하고 싶었어요. 나도 경제적 고통을 받지 않길 원했어요. 그런데 안 될 것 같아요. 성공은 벌써 포기했어요. 미안해요. 이렇게 될 줄은 몰랐는데, 나는 인생의 패배자예요."

자포자기 넋두리를 들은 서진 씨가 많이 망설이지도 않고 한 마디 툭 던졌어요.

"당신 인생은 벌써 성공했잖아요."

이미 성공한 인생이라고요? 내가 인생에서 벌써 성공을 거두었다고요? 내가 잘못 들었나 했어요.

"그게 무슨 말이죠? 50대 초반인데 나는 벌써 실직했고 재취업 가능성도 없어요. 집도 없고요. 아이는 아직 대학교에 다녀요. 앞으로 돈을 많이 벌 것 같지도 않아요. 그런데 어떻게 내 인생이 성공했다는 건가요?"

"앞으로 보지 말고 뒤돌아보세요."

"예?"

"앞만 생각하니까 초라해지는 거예요. 뒤를 봐요. 지금까지 이룬 걸 생각해 봐요."

"내가 뭘 이뤘는데요?"

서진 씨는 이렇게 말해줬습니다.

"결혼 후 20년 넘게 맛있는 거 먹으며 즐겁게 살았잖아요. 늘 아껴야 했지만 생활고에 시달린 적은 없어요. 아파트는 없지만 빚도 없고 현금을 좀 모아 놨잖아요. 아이를 공부시켜 대학에 보내는 데 성공했어요. 또 우리 많이 웃고 살았어요. 추억도 많아요. 좋은 이웃도 많이 사귀었죠. 아주 많은 걸 이뤘어요. 말도 안 돼요. 어떻게 당신이 실패자인가요?"

누가 뒤통수를 한 대 때린 것 같았어요. 내가 말도 안 되는 생각을 했다는 걸 자각했습니다. 나는 왜 앞만 보며 좌절했던 건지 우습더군요. 과거를 봤더니 내가 이룬 일이 제법 되더라고요.

맞아요. 자주 과거를 돌아보는 게 지혜예요. 인생이 공허하면 뒤돌아보는 거죠. 재미있는 일이 많았을 거예요. 말썽을 피워서 부모를 괴롭히는 사춘기 아이도 과거에는 귀엽게 웃는 꼬마였어요. 부모를 행복하게 했겠죠. 아이는 이미 착한 일을 많이 한 겁니다. 앞으로도 좋아질 수 있는 거고요. 아이가 아직 대학생이어서 걱정이라면 또 돌아봐야 해요. 대학에 합격했을 때 그 기쁨을 상기시키는 거죠. 돌아보면 현재를 감사하게 됩니다. 앞으로 버틸 힘을 얻게 될 것 같아요.

자주 뒤돌아보면서 살아야 한다는 걸 서진 씨 덕분에 깨달았어요. 고마워요. 그리고 또 다른 생각도 들더라구요. 내가 너무 돈만 따진다는 걸 알았어요. 나는 속물이라서 돈을 유일한 기준으로 인생의 실패냐 성공이냐 판단했던 겁니다. 인간성, 지적인 매력, 마음, 인간관계 등도 중요한데 말입니다.

친구 몇명이 떠오릅니다. 깡패나 다름없는 사채업자들에게 시달리면서 수십억원 부채를 갚아내고 다시 영상 분야 사업을 시작했다고 자랑하는 친구가 있어요. 부자입니다. 식품 회사를 일으켜 세워 큰 돈을 벌어서 까맣고 커다란 차의 뒷좌석에 앉는 또 다른 친구 역시 부자입니다. 고시 공부로 젊은 시절을 보내고는 이제 작은 음식점을 운영하는 친구는 가난합니다. 어부로 사는 친구도 가난하고 매일 고단하죠.

그렇다면 사업을 해서 돈을 번 친구들의 인생은 성공이고, 음식점이나 어부일을 하는 친구는 실패작인가요. 아뇨, 그렇지 않습니다. 음식점 사장이나 어부는 돈은 없지만 장점이 많아요. 인간미가 넘칩니다. 친구들과 사이가 좋아요. 만나는 사람을 기분 좋게 해주죠. 어려운 사람을 잘 도와주기도 하고요. 어쩌면 그들이 성공한 건지도 모릅니다.

나에게도 적용해 봤어요. 나는 돈이 없어요. 그렇다고 실패했다고 할 수 없죠. 더 좋은 사람으로 거듭나려고 노력한다면 성공을 향해 발을 내디딘 셈이 아닐까요.

생각해보니 인생은 한판 마라톤이 아니네요. 수백 번의 단거리 경주의 연속이 인생인 것 같아요. 다시 말해서 인생은 단판 승부가 아니에요. 수백 번의 기회가 주어집니다. 한 게임에서 실패 했으면 다음 게임에서 이기면 돼요. 가령 실직을 했다면 1패일 뿐이에요. 하지만 새로운 일을 찾아서 즐겁게 한다면 1승이죠. 또 실연을 해서 1패를 안았더라도 새로운 사람을 만나서 결혼까지 했다면 2승이 되어 결국 나는 사랑에 성공한 셈입니다. 실패를 두려워할 이유가 없어요. 저 너머에 수많은 기회들이 줄을 서서 나를 기다리기 때문입니다. 인생에는 정말 3만

번의 기회가 있는 것만 같아요.

그리고 맨처음 이야기로 돌아가봐요. 꽃으로 비유하면 인생은 튤립이 아니라 벚꽃입니다. 튤립은 한줄기에 한 송이만 핍니다. 꽃이 피지 않으면 그 튤립은 실패한 것이 됩니다. 그런데 벚꽃에는 수백 수천 송이의 꽃이 핍니다. 몇 개를 피우지 못해도 다른 것을 피우면 돼요. 벚꽃나무에게 숱한 기회가 주어지듯이 우리 인생에도 기회가 많은 것 같아요. 실패가 불가능할 정도로 너무 많은 기회가 주어진다고 생각합니다. 실패한 인생이란 없는 겁니다.

실직하니 아내님이
아름다워졌어요

"당신은 처음 만났을 때보다 더 아름다워요." 아놀드 슈워제네거가 출연한 오래된 할리우드 영화의 대사예요. 주름 많은 아내를 보고 남편이 그렇게 말했습니다. 나는 거짓말이라고 생각했습니다. 부부가 듣기 좋은 덕담 같은 걸 나눴다고 봤어요. 그런데 이제는 생각이 달라졌어요. 나도 공감합니다. 가끔 서진 씨도 수십년 전보다 아름답게 보여요. 실직의 고통이 가져다준 신기한 현상입니다.

서진 씨를 처음 봤던 순간을 아직 기억합니다. 떡볶이집이었고 서진 씨는 붉은 떡볶이를 포크로 찍어 입에 가득 넣었습니다. 정말 용감한 사람 같았어요. 양볼에 음식이 가득했지만 수다를 멈추지 않았어요. 아슬아슬했어요. 그 용기가 이상하게 멋있어 보이더군요.

옆 테이블에서 힐끔힐끔 훔쳐 본 서진 씨는 '예쁘다'고 할 수 없지만 절대 못나지도 않은 외모였습니다. 오똑한 코가 특히 돋보였습니다. 또 얼굴이 계란형에 가까웠으니 보기에 좋았습니다. 일어섰을 때도 전체 실루엣이 근사했습니다. 말 한마디 없었지만 나는 서진 씨가 좋은 데이트 상대라고 판단했고, 서진 씨 친구에게 다리를 놔달라고 졸랐습니다.

남자에게는 연애 감정이란 육신 위주입니다. 남자의 사랑은 대개 여성의 외모에 매료되어 시작됩니다. 여자가 자기 눈에 견딜 수 없이 매력적이어야 사랑에 빠지게 되는 겁니다.

이후 남자의 연애 감정은 롤러코스터를 탑니다. 요동친다는 뜻이 아닙니다. 고집스럽게 하강한다는 겁니다. 롤러코스터는 초반에 털털거리면서 정점에 올랐다가 돌멩이처럼 떨어집니다. 오르락내리락하는 것처럼 보이지만 결국 꾸준히 바닥에 향하고 있는 겁니다. 이 세상 모든 롤러코스터가 그렇고 이 세상 모든 남자의 마음도 비슷합니다. 초반에 정점에 올랐다가 결국은 바닥에 도달합니다. 초반에는 여성의 외모에 정신을 잃었다가 점진적으로 무심해지다가 결국은 무관심해집니다.

내 눈에는 서진 씨가 둘도 없는 미녀였으나 나도 하강하는 사랑의 롤러코스터를 탔습니다. 떡볶이집 이후 뜨겁게 달아올랐다가 낙하하여 무덤덤해지고 말았습니다. 서진 씨가 좋은 아내라는 생각에는 변함이 없지만 그 옛날과는 달리 자태에 가슴 떨리지 않았습니다. 결혼 후 1년 정도 지나니까 조짐을 보이더니 5년 후에는 서진 씨를 보면서도 마음이 수도승처럼 평온해지기 시작했습니다. 미안하게 되었습니다. 그리고 서진 씨가 육아와 가사 노동을 하는 동안 세월이 쏜살같이 흘렀고 서진 씨의 육신도 빠르게 늙었습니다. 결국 동성 친구 같은 느낌이 들었습니다. 정말 미안한 마음이었어요.

그런데 반전이 일어납니다. 회사가 망해서 돈벌이를 할 수 없게 되니 기적같은 변화가 생겼습니다. 서진 씨의 외모가 다시 눈부셨습니다.

먼저 나를 이해하고 위로했던 순간 서진 씨는 아름다웠습니다. "너무 힘들었겠어요. 나한테도 말해주지 그랬어요"라고 말하던 순간 서진 씨의 입술은 안젤리나 졸리 등과는 비교도 안 되게 육감적이었어요.

또 "내 마음도 미어져요. 눈물이 나네요"라면서 나에게 공감하는 순간에는 서진 씨의 눈이 짧게 반짝했는데 오드리 햅번의 맑은 눈보다 아름다운 보석처럼 보였습니다.

나에게 용기를 줄 때도 서진 씨는 아름다웠습니다.

"너무 미안해요"

나는 밑도끝도 없이 미안하다는 말을 자주 했습니다. 서진 씨는 놀라지도 않고 차분히 물었죠.

"뭐가요?"

"내가 이제는 돈을 많이 못 벌 거 같아요. 미안해요."

나는 무서웠어요. 돈을 벌지 못해 가족들도 힘들 거라고 생각하니 마음이 그렇게 무거울 수가 없었어요.

"미안할 게 뭐예요? 지금까지 돈 버느라 고생했어요."

서진 씨의 목소리는 힘이 넘쳤습니다.

"그리고 걱정 말아요. 나도 어떻게 해서든지 돈을 벌 거니까요. 나만 믿어요!"

허풍이란 거 알았어요. 그런데 감동을 느끼게 되던데요. 어떻게 돈을 벌지 근거도 없이 큰소리를 치는 서진 씨가 고마웠습니다. 그래요. 그 순간 서진 씨의 모습은 강하고 아름다운 여자였어요. 가령 수영복 비슷한 옷을 착용하고 뛰어 다니며 활약하는 원더우먼의 매력을 서진 씨가 발산했던 겁니다. 걱정과 불안에 떠는 남자를 도와서 일으켜 세워주려는 서진 씨는 무척 아름다웠습니다. 감동하지 않을 수 없는 것이죠.

즐거운 이야기를 해줄 때에도 서진 씨 외모의 매력이 급상승합니다. 서진 씨는 TV 드라마나 연예 프로그램에서 본 재미있는 상황을 말해줍니다. 감사해요. 나는 TV 앞에 잘 앉지도 않는데 요즘 인기인 드라마 내용을 알고 어떤 연예인들이 사귄

다거나 헤어졌다는 소식을 다 꿰고 있어요. 서진 씨는 친구들과 만나 나눴던 수다 중 일부를 깔깔거리며 전해 줍니다. 위트 넘치는 인터넷 포스트가 있으면 꼭 나에게 포워딩을 해주죠. 서진 씨가 즐겁게 이야기하며 활짝 웃을 때 밝은 해가 떠올라 나를 비추는 느낌이었습니다. 우울한 내 마음도 화사해지는 겁니다.

서진 씨는 사라졌다 돌아오면 더더욱 아름답습니다. 실직한 후 몇 개월이 지나고 내가 물었습니다. 가장 하고 싶은 것이 뭐냐고 말입니다.

"버킷리스트 중 하나만 말해봐요."

"친구들과 해외 여행을 가고 싶다는 생각을 오래 하긴 했는데….."

망설이다가 '여행'이라는 단어를 말하는 서진 씨는 행복한 얼굴이었어요. 나는 단호하게 말했죠.

"그러면 다녀오세요."

"정말 가고 싶지는 않아요. 우린 돈도 없는데."

역시 돈이 발목을 잡았어요. 그러나 통장에는 잔고가 분명히 있었어요.

"괜찮아요. 그 정도 쓰는 거."

"아. 싫어요."

"꼭 갔다 오세요. 마지막이라고 생각하고. 부탁이에요."

나는 서진 씨의 등을 떠밀었고 여행을 보내는 데 성공했습니다. 처음이자 정말로 마지막일지도 모르는 장기 해외 여행이었습니다. 돌보고 먹여야 하는 아이와 남편이 눈앞에 없었으니 더 좋았겠죠. 보름 정도 여행을 다녀온 서진 씨는 잘먹고 돌아다녔는지 살이 많이 올랐더군요. 그날 공항 버스에서 내리는 서진 씨는 하늘에서 내려오는 천사 같았습니다. 난 반가워서 눈물이 날 지경이었어요. 말하지 않았지만 우리가 포옹했을 때 나는 20대 그 옛날 처음 손을 잡았을 때만큼이나 뜨거웠습니다.

서진 씨. 사실은 미안한 마음이 컸어요. 젊음을 잃어가는 서진 씨의 외모를 보면서 내 잘못도 있다 싶었어요. TV에 나오는 그 예쁜 여성들 중에서 마사지나 시술을 받지 않은 사람은 거의 없겠죠. 나는 인위적 외모 관리의 기회를 서진 씨에게 주지 못했어요. 게다가 고생도 많이 시켰죠. 30대 초반을 육아 노동을 하면서 보내느라 꽃다운 아름다움을 많이 잃었을 겁니다. 아침 일찍 일어나 밥하고 청소하고 또 아이와 격렬히 씨름하는 사이에 늙어버렸을 거예요. 육아와 가사의 부담을 줄여주고 피부 시술을 받게 해줬다면 서진 씨의 노화는 지연되었을 겁니다. 젊은 얼굴이 조금이라도 더 오래 지속되었을 겁니다. 내가 돕지 못했습니다. 미안하지 않을 수가 없는 겁니다.

그런데 요즘 신기한 일이 벌어졌습니다. 의학의 힘을 빌지도 않았는데 서진 씨가 아름다워진 것입니다. 서진 씨는 자주 밝은 햇님처럼 눈부십니다. 팔다리의 움직임 하나 하나가 발레리나의 동작처럼 우아해보일 때도 있습니다. 얼굴의 주름도 예술적으로 파인 것 같습니다. 다 멋있어 보입니다. 나를 위로해주고 용기를 주는 서진 씨의 입과 눈이 소중했고 감사했습니다. 매력이 콸콸 쏟아졌습니다. 그러니까 옛날 떡볶이집에서 보았던 그 서진 씨가 다시 나타난 것입니다. 아니, 틀렸어요. 내 눈에는 처음 본 그 순간보다 요즘이 더 아름다우세요. 그러니까 "당신은 처음 만났을 때보다 더 아름다워요"라는 영화 대사를 들려줘도 될 것 같아요.

부모님 생각이 나네요. 아시는 것처럼 나의 부모님은 두 분 다 무뚝뚝합니다. 감정 표현이 서투른 것이죠. 그리고 성격이 두 분 다 강한 편이어서 자주 충돌했습니다. 손을 잡거나 서로 토닥거리는 다정한 모습은 거의 본 적이 없습니다. 그런데 여든 살 정도로 접어들면서 큰 변화가 있더군요. 부모님이 서로 손을 잡으시는 겁니다. 또 상대방 얼굴에 묻어 있는 티끌 같은 걸 손으로 집어 떼 주더군요. 나는 깜짝 놀랐습니다. 그리고 생각했습니다. 두 분의 눈에는 서로가 아름다워보이는 겁니다.

직장을 잃어서 약해지는 것이나, 늙어서 약해지는 것이 나쁜 것만은 아닌 것 같습니다. 가까이 있는 사람의 아름다움에 새롭게 눈뜨게 되기 때문입니다. 강철 같은 마음은 섬세할 수가 없어요. 약해져야 심미안을 갖게 됩니다. 나는 약해진 나 자신이 마음에 듭니다.

가사 노동을 하는
주부는 위대합니다

서진 씨. 나에게 자랑거리가 하나 생겼어요. 4주 동안 밥 짓기, 반찬 만들기, 설거지, 청소, 빨래 등 집안일을 죄다 내가 했다고 기회가 날 때마다 주위에 자랑하고 있어요. 앞으로도 오랫동안 우쭐거리게 될 것 같아요.

동네 뒷산에 갔던 서진 씨가 손가락이 아프다고 했을 때 나는 대수롭지 않게 봤습니다. 넘어지면서 살짝 짚었다고 했으니 곧 괜찮아질 거라고 막연히 생각했어요. 하지만 통증이 심상찮다고 해서 결국 집을 나섰죠.

일요일이어서 대학병원 응급실에 가야 했습니다. 응급실에는 사람이 아주 많았고 사연도 다양했습니다. 굳이 관찰하려고 하지 않아도 왁자지껄해서 다 들리고 보이더군요. 아기가 뭔가 날카로운 것을 삼킨 것 같다는 부모의 얼굴은 사색이었는데 정작 아기는 방글방글 웃더군요. 90살 가까이 되어 보이는 할아버지는 아픈 아내 휠체어를 느리게 밀고 다녔습니다. 또 가슴이 조여들어서 실려왔다는 중년 남성은 휠체어에 앉아서 빨리 진료해주지 않는다고 고함을 치면서 성을 냈습니다.

다급히 치료를 받아야 할 사람들이 많으니 우리는 오래 기다려 진료 받고 엑스레이를 촬영했습니다. 오른손 새끼 손가락 골절이라고 했습니다. 또 오래 기다려서야 임시 깁스를 할 수 있었습니다. 진료비는 12만원 정도 나오더군요. 왜 이렇게 비싼가 싶었지만 투덜대지 않고 입을 다물었습니다. 서진 씨가 미안해할 것 같아서였습니다.

그 다음 주에 외래 진료를 갔죠. 대학병원 의사 입장에서는 아주 사소한 부상일 겁니다. 엑스레이 사진과 부상 부위를 몇 초 살펴보고는 간단히 설명했습니다. 완전 골절이며 4주에서 6주 정도 깁스를 해야 한다고 했습니다.

서진 씨는 뼈를 다쳐 깁스를 한 것이 처음이라고 했죠. 난생 첫 경험인 것이죠. 나도 처음이었어요. 이렇게 오랜 기간 가사 노동을 전담한 일이 없었습니다. 서진 씨가 여행을 가거나 병원에 입원했을 때는 최장 14일까지 저녁에만 집안일을 해봤지만 이번에는 30일 정도 가사 노동을 처음부터 끝까지 도맡아야 했던 겁니다. 식사 빨래 청소는 기본이죠. 머리를 감기 어렵고 계란 하나 깨기도 힘든 골절 환자의 수발도 들어야 했습니다. 그나마 하늘이 도운 걸까요. 때마침 직장이 없는 상태여서 나의 헌신이 가능했습니다.

나는 마음을 단단히 먹고 가사 노동을 시작했습니다. 가장 중요한 것은 식사였습니다. 내가 끓일 수 있는 찌개 종류가 몇 가지 되지 않고 반찬도 여러 종류를 하지 못합니다. 조리의 수고를 덜어줄 식재료들을 집중 사들였습니다.

먼저 냉동 볶음밥 8개를 주문했습니다. 무게는 300g이었습니다. 즉석밥이 210g이니까 계란 프라이 등 반찬을 곁들이면 든든한 한끼가 될 수 있습니다. 깍두기가 얼마 남지 않아서 배추 김치 5kg과 총각 김치 1kg도 주문했습니다. 참치 캔과 햄을 구입하고, 김치찌개용 꽁치 통조림도 주문했습니다. 이외에 냉동 군만두와 냉동 돈가스, 포장된 부대찌개, 양념이 포함된 닭볶음 재료, 즉석국 몇 가지, 즉석 카레와 짜장 등을 샀습니다. 냉동실에 있던 생선과 육류 등을 활용하면 2주 이상을 버틸 수 있는 식재료가 장만된 것입니다.

나는 정말 열심히 집안 일을 했습니다. 식단을 꼼꼼하게 짜고 그대로 준비했습니다. 최소 3일 식사 메뉴를 미리 정해 놓았습니다. 냉장고에 있는 식재료 이름으로 인터넷을 검색하면 도움이 많이 되더군요. '감자'와 '스팸', '버터'와 '진미채' 등을 입력하는 겁니다. 슬라이스한 마늘을 버터에 볶다가 진미채를 넣고 소금과 설탕을 더해 만든 '버터구이 진미채'는 매일 먹는 고추장 진미채보다 훨씬 훌륭한 반찬이 되더군요.

또 즉석국에 식재료를 조금 추가하면 훌륭한 식사가 가능해집니다. 서진 씨도 그 맛있는 육개장을 기억할 겁니다. 500g짜리 즉석 육개장을 끓이면서 파를 듬뿍 넣고 차돌박이 몇 장을 추가합니다. 다진 마늘과 물도 조금 더해야죠. 그러면 두 사람이 맛있게 먹을 수 있는 육개장이 5분만에 완성됩니다.

내 생각에는 식사 준비보다 식사 후가 더 중요합니다. 밥을 먹자마자 설거지를 시작했고 식탁과 싱크대와 가스레인지를 깨끗이 닦았습니다. 싱크대 거름망의 음식물을 남김 없이 털어 비닐 봉투에 모았다가 이틀에 한 번은 음식물 쓰레기를 버렸습니다.

그날의 설거지거리는 그날 처리해야 한다는 게 저의 신념이었습니다. 내일까지 방치하는 게 정말 싫었습니다. 예를 들어서 닭볶음을 해먹으면 고추장 양념이 잔뜩 묻은 프라이팬이 남습니다. 나는 그걸 꼭 씻어 놓아야만 속이 시원했습니다. 또 찌개를 끓여 먹은 냄비도 꼭 다 씻어놔야 나는 마음이 놓여요. 서진 씨는 물을 가득 담아 가스레인지 위에 올려놓고 설거지를 미루지만 나는 그날 처리했어요. 도마도 마찬가지입니다. 마늘이나 양파를 잘랐다면 꼭 씻어 놓았습니다.

위기가 있었어요. 큰 김치통에 주방용 칼을 담가놓은 걸 잊어버렸어요. 세제 거품 때문에 보이지도 않았죠. 나는 빠르게 맨손을 휘저으면서 김치통을 씻는데 날카로운 무엇이 손가락에 닿았습니다. 놀라서 살펴 보니 칼이었어요. 신기하게도 표피만 벗겨졌을 뿐 상처는 입지 않았어요. 천만다행이었죠. 자칫했다간 나도 병원에 가서 붕대를 칭칭 감아야 했을 것이고 그랬다면 가사 노동을 할 사람이 우리집에 하나도 남지 않게 되었을 겁니다.

아무튼 행운아인 나는 강력한 의지를 갖고 가사 노동을 열심히 했습니다. 서진 씨는 염려가 되었던 것 같습니다.

"일을 너무 열심히 하는 것 같아요. 천천히 하세요."

"아녜요. 보이는 대로 빨리 처리해 둬야 해요."

"그럴 필요가 없어요."

"난 이게 좋아요."

"그래도 그렇게 하면 곧 지치지 않겠어요?"

"괜찮아요. 걱정말아요."

그런데 안 괜찮았습니다. 곧 지쳤습니다. 서진 씨의 예견처럼 힘이 금방 빠지더군요.

열흘 정도 후 나는 주부들이 하는 말에 진심으로 동의하게 되었습니다. 집안일은 아무리 해도 끝이 없습니다. 열 가지를 해치우면 또 열 가지 할 일이 생깁니다. 빨래를 끝내면 청소기를 돌려야 할 것 같고 바닥 청소 후에는 전자레인지 위의 뽀얀 먼지가 눈에 들어왔습니다. 설거지를 끝내면 거름망이 더러워 보였고 거름망을 씻으니 거름망 아래 배수구에 긴 시커먼 때가 거슬리기 시작합니다. 또 아침을 먹은 후에는 점심을 해야 하고 조금 있다가 저녁 걱정이 시작됩니다. 이렇게 무한 생성되는 가사 앞에서 강력했던 나의 의지가 서서히 꺾였습니다.

몇 번 편의점 도시락을 사다 먹었습니다. 데워 먹기만 하면 되고 다른 반찬도 전혀 필요 없으니 정말 편하죠. 설거지를 미루기 시작했습니다. 찌개 끓였던 냄비도 레인지 위에 올려 놨다가 대충 헹궈서 라면을 끓였으며 음식물 쓰레기도 미루다가 냄새가 심해야 버리게 되었습니다. 처음에 엄청난 의욕을 보였던 내가 점점 게을러진 것입니다.

평소 나는 서진 씨의 느림보 가사 스타일이 불만이었습니다. 식사가 끝났는데도 의자에 엉덩이를 붙이고 앉아 스마트폰을 하면서 20분 정도 보내는 게 이해가 안됐습니다. 빨리 치우고 빨리 쉬기 시작하면 되지 않을까 생각했죠. 빨래도 청소도 최대한 미루었다가 데드라인 직전에야 시작하는 것도 이상했습니다. 미리미리 하면 서진 씨 본인에게 얼마나 좋겠나 생각했습니다. 숙제를 해 놓으면 자유 시간이 생기듯이 말이죠.

그런데 가사는 그런 게 아니더군요. 내가 보기에 집안일은 꾸준히 흘러 내려오는 개울물 같습니다. 허겁지겁 물을 퍼내봐야 바닥이 보이는 건 잠시뿐 곧 물이 또 흘러옵니다. 가사도 마찬가지더군요. 열심히 해서 빨리 해치워도 또 일거리가 생깁니다. 집안일을 정복하려고 하면 결국 패배하게 되어 있습니다. 인간의 근력은 유한한데 집안 일은 무한하기 때문입니다. 식탁을 빨리 치우면 커피를 만들고 과일을 깎고 조금 있다가 또 야식을 만들어야 합니다. 너무 부지런하면 생략해도 될 일들까지 다 하게 되는 겁니다.

높은 산을 오를 때 느린 페이스를 유지해야 합니다. 틈틈이 쉬는 것도 꼭 필요합니다. 가사 노동도 마찬가지더군요. 천천히 해야 하는 게 집안일입니다. 식사 후 앉아서 쉬기도 하고 설거지거리와 빨래거리도 좀 쌓아뒀다가 해야 가사 노동을 10년 20년 지속할 수 있습니다. 서두르면 지구력을 잃고 일찍 도망치고 싶어집니다.

그렇게 깨달았습니다. 직장에서 고생하며 돈버는 사람들도 대단합니다. 하지만 아무리 해도 줄어들지 않으며 단순 노동에 불과한 집안을 수년 동안 무한반복하는 주부들도 훌륭하다는 걸 알게 되었습니다. 두말할 것도 없이 슈퍼 히어로입니다.

물론 나는 돈 버는 일을 폄하할 생각이 전혀 없습니다. 돈을 벌려면 치사하더라도 참아야 합니다. 모멸감을 견디고 갑질하는 자에게 미소도 보여야 합니다. 음식물 쓰레기 수거통 못지않게 더러운 꼴도 많이 봅니다. 요컨대 돈을 벌어오는 이들도 가사 담당자처럼 슈퍼 히어로입니다.

그럼 슈퍼 히어로끼리 존중하며 살아야 하지 않을까 싶어요. "집에서 도대체 뭐하는 거야?"라는 비난은 가사 노동 슈퍼 히어로에 대한 실례일 것 같네요. 30일 동안 가사 노동에 시달린 끝에 제가 깨닫고 성장하였습니다. 이제는 설거지하는 서진 씨 뒷모습도 아름답습니다. 밥하고 빨래해 주는 아내가 있는 나는 행복한 실업자입니다.

아내가 코를 골자
남편이 지혜로워졌습니다

서진 씨. 나는 그날밤의 충격을 잊지 못합니다. 내 기억에는 8년 전이었습니다. 잠을 자다가 괴롭게 깨어났어요. 큰 소음이 고막을 파고 들었기 때문이었죠. 눈을 겨우 떠서 보니 누가 코를 골고 있었습니다. 우리 안방에 있는 우리 침대 위에 낯선 코골이가 있었던 겁니다. 놀라서 정신이 번쩍 들더군요. 소음 진원지를 향해 고개를 내밀었습니다. 어둠 속에서 코를 골던 그 사람의 얼굴을 보고는 놀라 숨을 멈췄습니다. 바로 서진 씨였습니다.

서진 씨는 조용하고 평화로운 사람입니다. 흔히 말하는 '여성적 매력'을 갖춘 캐릭터입니다. 몸집이 작은 편입니다. 또 천천히 소리 없이 움직이는 타입입니다. 그런 사람이 우렁차게 코를 골기 시작했습니다. 나도 가끔 코를 골지만 서진 씨의 장비 같은 코골이를 도저히 당해낼 수 없었습니다.

하룻밤에도 여러번 깼으니 많이 피곤했지만 피로보다는 우울감이 더 문제였습니다. 내 아내가 잠이 들면 장군이 되어 호방하게 코를 골다뇨. 아내의 코골이는 아내의 남성화가 빠르게 진행되고 있다는 증거인 셈이고 나는 점점 남자로 변해가는 사람과 자야 한다는 뜻이었습니다. 서글프고 우울했습니다.

나는 강력히 저항했습니다. 상황을 원래대로 돌리고 싶어 방법을 찾아다녔습니다. 나 혼자 이비인후과를 찾아가서 상담도 했어요. 코골이 수술 전문가라는 의사는 일단 병원에 와서 잠을 자면서 코골이 유형이나 소음 정도를 분석하고 수술 여부를 결정한다고 설명하더군요. 그리고 수술을 한다고 해서 완치 보장은 없다고 미리 못박더군요. 낫는다는 보장도 없는 왜 돈을 들이고 몸을 상해가면서 수술을 해야 할까요. 납득할 수 없었습니다.

인터넷에는 코골이를 방지하는 코집게와 베개 등이 많더군요. 서진 씨도 기억하겠지만 몇 개를 구입했지만 별 효과가 없었습니다. 결국 귀마개를 사서 내 귀를 막는 수밖에 없었습니다. 하지만 귀를 막으면 흡사 콧구멍을 솜으로 틀어 막고 자는 것처럼 답답해서 얼마 가지 않아 포기했습니다.

서진 씨도 노력을 많이 했다는 건 나도 인정합니다. 등을 붙이지 않고 모로 누워서 자려고 애를 쓰는 걸 내가 모를 리 있겠습니까. 옆으로 자면 좀 조용한 게 사실입니다. 나는 편히 잘 수 있어 좋았습니다. 그리고 서진 씨가 모로 누워 자면 좋은 점이 또 하나 있습니다. 꼭 끌어안고 자기에 좋은 자세인 것입니다. 몸이 많이 두툼해졌더군요. 그래도 싫지 않습니다. 호흡하면 오르내리는 배 부분을 팔로 감싸면 팔도 오르락내리락하는 리듬을 타게 되어 재미 있습니다. 일체감도 느낄 수 있어 좋았습니다. 사랑합니다.

이제 감동 따위는 깨고 다시 코골이 문제로 돌아가볼까요. 지금은 어떤가하면 상황이 바뀌지 않았어요. 사실은 고도화되었죠. 서진 씨의 코골이 실력이 늘어서 이제는 모로 자면서도 거뜬히 코를 골 수 있거든요. 그런데 괜찮아요. 나의 대응 능력도 향상되었어요. 무엇보다 코골이 소리에 대한 태도가 달라졌죠. 침실에 으레 있어야 할 배경 음악 정도로 여깁니다. 서진 씨의 코에서 나는 소리가 바위 깨는 중장비의 소음이 아니라 바닷가 파도 소리라고 생각하려고 노력합니다.

이제는 덜 괴롭습니다. 코골이는 사라지지 않았는데 나는 편안해졌다는 겁니다. 그렇다면 8년 전 그날밤 이후의 고민과 투쟁은 무의미했던 것입니다. 왜 바보처럼 아내의 남성화를 운운하며 괴로워했는지 지금 생각하니 우스워요. 또 병원을 찾아가

상담하거나 이런 저런 물건들을 사느라 왜 애를 쓰고 돈을 썼나 어이가 없어요. 사실 서진 씨도 힘들었을 거예요. 내가 코골이와의 전쟁에 나설수록 서진 씨는 미안하고 스트레스를 받게 되었을 테니까요. 그런데 돌이켜보니 이 모든 소동이 아무 소용 없는 짓이었습니다. 지나고 나니 다 적응할 수 있는 문제였던 겁니다. 좀 더 일찍 아내의 코골이를 숙명으로 받아들이는 게 현명하지 않았을까 생각하게 됩니다.

바로 그것입니다. 받아들임의 중요성을 깨달았습니다. 삶을 있는 대로 받아들여야 행복하다는 단순한 이치를 서진 씨의 코골이 덕분에 재확인한 것입니다.

상대를 있는 그대로 받아들여야 진정한 사랑이라고 하잖아요. 당연한 말입니다. 연인이 "너는 그 점만 고치면 정말 사랑스러울텐데"라고 말한다면 결국은 영원히 사랑하지 않을 거라는 의미예요. 그 문제를 고치면 또 다른 문제를 시비 걸테니까요. 그렇게 조금조금씩 미워하는 마음을 드러낼 겁니다. 나쁜 가학적 사랑이 되고야 말 겁니다.

나이 들면서 알게 된 게 있습니다. 상대방의 변화도 받아들여야 성숙한 사랑인 것 같아요. 나이 들면 아내나 남편은 많은 변화를 겪죠. 배가 나오거나 주름이 자글자글해지는 신체 변화는 말할 것도 없어요. 기억력도 나빠지고 예리한 지성도 무뎌집니다. 더러는 성격도 변해요. 게을러지거나 지저분해져요. 이런 변화가 처음에는 무척 싫죠. 그런데 시간 앞에서 인간은 선택의 여지가 없어요. 변화를 받아들여야 합니다. 여름이 가고 가을이 오는 자연의 변화처럼 수용해야 한다는 겁니다. 저항하면 좌절, 분노, 실망, 혼란을 겪게 되는 것 같아요.

나 자신의 변화도 받아들여야 행복합니다. 큰 부자가 되려고 노력했지만 이제는 꺾여서 평범한 서민으로 사는 나 자신도 너무 미워말고 받아들여야 하겠죠.

나는 노력합니다. 현 상황이 최선이라고 여깁니다. 아내의 코골이가 최악의 불행이라고 생각하는 게 좋을까요. 아니면 소리가 지금보다 10배 더 클 수 있었는데 그나마 다행이다라고 생각하는 나을까요. 후자가 낫습니다. 세상의 실직자 아내분들께도 말하고 싶은 게 있습니다. 남편의 실직이 최고 불행이라고 생각하는 게 이득인가요. 아니면 남편이 실직과 함께 10억원 빚을 질 수 있었는데 그건 피했다고 생각하는 게 나은가요. 후자가 현명한 생각입니다.

지금의 삶이 최선이라고 생각하면 훨씬 행복합니다. 나에게 더 완벽한 삶이 가능하다고 믿기 시작하면 불행감이 커집니다. 남편이 더 잘생겼으면 좋겠다고 바라는 순간부터 남편과의 행복은 줄어들게 됩니다. 내가 발을 딛고 있는 이 현실이 가장 완벽한 현실입니다. 내 앞에서 숨쉬고 수다 떠는 아내가 최선의 아내이고요.

서진 씨. 코를 골아줘서 감사해요. 서진 씨의 코골이 소음이 나를 깊은 번민에 빠트렸고 결국 내가 현실을 사랑하도록 가르쳤어요. 서진 씨의 코골이는 신비한 힘을 갖고 있는 것 같아요.

2부

용기, 눈물, 남성성

좀 불행해도 괜찮다는
용기가 생겼어요

난 서진 씨의 비밀 하나를 알고 있어요. 서진 씨도 불안하다는 걸 난 애저녁에 눈치 챘습니다. 평소에 서진 씨는 전사 같아요. 겁먹은 나를 씩씩하게 다독거리죠. 천사 같을 때도 많죠. 좋은 일만 생길 거라고 말해줘서 내 마음을 밝게 만드니까요. 그런데 서진 씨 역시 걱정이 많다는 거 알아요. 마음 한구석이 불안한 걸 엿볼 수 있었어요. 서진 씨가 맥주 몇 잔을 마신 후 이렇게 고백한 적이 있어요.

"혹시 우리 불행해지지 않을까요?"

"걱정이 되나요?"

"솔직히 겁이 나요. 나중에 인생이 고통스러우면 어쩌나 무서워요. 또 우리 아이에게 불행을 물려주면 어떡하나 그런 생각을 할 때가 많아요."

"서진 씨도 나와 비슷하군요. 그래도 걱정 말아요. 우리는 불행해지지 않을테니까요."

미안합니다. 내가 부족해서 서진 씨를 불안하게 만들었으니까 면목이 없습니다. 또 혼자 걱정을 삭인 걸 생각하니 몇 배 더 미안합니다. 나의 불안에 부채질하지 않으려고 배려한 것이겠죠. 고맙습니다.

그런데 너무 걱정하지 않아도 될 것 같아요. 우리는 불행해지지 않을 테니까요. 어떻게 장담하냐고요? 간단한 논리입니다. 행복해지는 게 쉽지 않죠? 마찬가지로 불행해지는 것도 쉽지 않을 겁니다.

생계 수단을 잃은 사람은 걱정이 깊어집니다. 가족이 불행해지지 않을까 두려워서 잠이 잘 안와요. 나도 많이 무서웠어요. 그러던 중 국내 언론의 기사에서 구세주 같은 이름을 하나 발견했습니다.

미국 캘리포니아대학의 소냐 류보머스키 교수가 그 사람입니다. 심리학자인 그는 '쾌락 적응'이라는 개념으로 유명합니다. 어렵지는 않아요. 사람들은 쾌락에 빨리 적응한다는 말입니다. 예를 들어서 복권에 당첨되면 쾌감이 얼마나 크겠어요. 하지만 10억 원이 주머니에 있다는 사실에 곧 익숙해집니다. 적응해버리는 거죠. 그러면 더 이상 기쁘지 않습니다. 오히려 돈이 더 있었으면 좋겠다고 아쉬워할 겁니다. 쾌락에 적응하는 순간 행복은 사라지는 겁니다. 결혼도 큰 쾌감을 주지만 곧 적응해버리고 무덤덤해집니다. 이제 결혼 생활은 행복하지 않게 됩니다. 이렇게 쾌락에 금방 적응해서 행복을 잊는 게 사람의 속성이라고 하네요.

사건마다 쾌락 지속 시간이 다릅니다. 소냐 류보머스키 교수가 미국의 한 방송 프로그램에서 이런 속담을 말했어요. "한 시간 동안 행복하려면 낮잠을 자세요. 하루 동안 행복하려면 낚시를 가세요. 한 달 동안 행복하려면 결혼하세요. 그리고 일 년 동안 행복하려면 거액을 상속 받으세요."

낮잠의 쾌락 효과는 한 시간이면 사라집니다. 낚시를 가면 하루만 즐겁고 결혼을 해도 행복은 한 달만 지속됩니다. 또 거액의 재산을 상속 받아도 행복 효과가 일년만 유지되고 사라진다는 말이 됩니다. 쾌락의 지속 시간은 사람마다 다르겠지만 공감할만한 이야기예요. 아무리 좋은 일이 있어도 사람들은 그 행복에 빠르게 적응합니다.

나를 구한 것은 '쾌락 적응'이 아니라 반대 개념의 가능성입니다. 말하자면 '불행 적응'도 있을 겁니다. 사람은 불행에 적응할 능력도 있지 않을까요. 일상에서 예를 쉽게 찾을 수 있어요. 가령 이별의 아픔은 쓰리지만 머지 않아 적응하게 됩니다.

대학 낙방이나 취업 시험 불합격 때문에 가족들이 불행하더라도 오래가지 않아요. 곧 적응하고 다시 도전하고 응원할 겁니다. 또 가난의 불편도 처음에는 힘들겠지만 곧 익숙해져서 웃을 수 있을 겁니다.

극적인 비교를 해볼까요. 다리를 잃은 사람과 복권에 당첨된 사람의 행불행을 비교하면 어떨까요. 복권 당첨자는 굉장히 행복하고 다리 잃은 사람은 비참할 거라고 생각하기 쉽습니다. 그런데 꼭 그런 것은 아닙니다.

행복 문제 전문가인 미국의 저술가 댄 길버트(Dan Gilbert)는 테드(TED)라는 강연을 통해서 놀라운 이야기를 했습니다. 1970년대 미국에서 있었던 연구 결과를 보니까, 열차 사고로 다리를 잃은 장애인과 복권 당첨자의 행복 수준이 결국에는 비슷해졌다는 겁니다.

다리를 잃은 사람은 처음에는 말할 수 없이 불행했을 것입니다. 자신이 저주 받았다고 확신했을 게 분명합니다. 그러나 시간이 지나면 불편에 익숙해져 다시 밝아질 수 있습니다. 복권 당첨자는 어떨까요. 당첨 직후에는 행복을 주체하기 힘들겠지만 곧 익숙해질 겁니다. 돈 걱정에 휩싸이고 옆집 부자를 질투할 수도 있습니다. 행복 지수가 다시 떨어지는 것이죠. 결국 다리를 잃은 사람과 거액을 얻은 사람의 행복 수준은 비슷해지는 겁니다.

나는 위의 연구 결과를 100% 믿지는 않아요. 모든 과학적 연구란 게 완전한 진리일 수는 없겠죠. 그러나 중요한 사실을 알려줍니다. 불행한 일이 닥쳤다고 꼭 불행해지는 것은 아닙니다. 불행도 적응하면 거뜬히 견뎌낼 수 있는 겁니다. 불행을 겪으면서 사람은 튼튼해져서 새로운 행복을 추구할 힘을 얻게 됩니다.

나는 '좀 불행해도 된다는 용기'를 갖기로 했습니다. 물론 자진해서 불행해지겠다는 말은 아닙니다. 불행에 대한 나의 적응력을 믿기로 한 것입니다. 우리 머릿속에서 불행은 최강입니다. 사람을 여지없이 파멸시킬 것처럼 생각됩니다. 그런데 사람은 강합니다. 가난, 상실, 걱정 등 불행이 닥쳐도 파멸하지 않아요. 곧 적응해서 새로운 도약의 길을 찾습니다. 우리도 강해요. 좀 불행해져도 괜찮아요. 곧 거뜬해질테니까요.

그리고 부탁이 있어요. 속마음을 자주 이야기해 주세요. 불안하면 불안하다고 말하는 겁니다. 미래가 걱정되면 그렇다고 자주 솔직히 털어놔주세요. 서진 씨는 항상 마음을 가다듬고 긍정적인 말을 하려고 노력한다는 거 내가 잘 압니다. 내 마음을 힘들지 않게 하려는 배려이겠죠. 고맙습니다. 하지만 털어놔도 괜찮아요. 내 마음도 이제 많이 튼튼해졌으니까요. 아직도 갈길이 멀지만, 실직 후에 겪은 혼란 덕분에 내 마음이 많이 자랐습니다. 서진 씨의 걱정을 보듬어줄 정도는 되니까 자주 마음을 털어놔주세요.

복권과 음주도 조금씩
즐기면서 지낼게요

서진 씨. 나는 평생 복권을 거의 사지 않았어요. 이유는 단순하죠. 복권은 떨어질 확률이 절대적으로 높기 때문입니다. 거의 100% 패배할 게임에 뛰어드는 게 비합리적이라고 생각했으니까 복권은 거들떠 보지 않았죠.

그런데 내가 밥벌이 능력을 잃고 앞으로 더 가난해질거라고 판단하자 달라졌습니다. 그렇다고 소심한 내가 로또를 많이 사진 않았어요. 일주일에 2~3만원어치를 샀으니까 복권 구입에 한 달에 10만원 정도가 들었지요.

로또를 구입하면 무엇보다 상상 면허를 받아서 좋더군요. 20억원 정도 당첨되면 그 돈으로 뭘할까 틈틈이 상상하게 됩니다. 집을 사고 차를 바꾸고 자녀에게 근사한 거처를 구해줄 수 있을 것입니다. 어려운 가족들에게 도움 주는 것도 가능하겠죠. 그리고 극빈자가 될지 모른다는 공포에서 벗어나 편안하게 여생을 보낼 수 있을 겁니다.

그런데 꿈은 꿈일뿐 나의 로또는 거의 대부분 떨어졌어요. 따지고 보니 나는 당첨을 상상하는 값으로 월 10만원을 쓰고 있었던 겁니다. 문득 그 돈의 효용이 궁금해져서 계산해봤더니 놀랍더군요. 그 돈이면 한 사람이 보름은 최저 생계를 유지할 수 있어요. 소고기와 돼지고기까지 먹으면서 말입니다. 2019년 3월경 10만원으로 구입할 수 있는 식재료는 이랬습니다.

호주산 소 윗등심 2.5kg	약 4만원 (이마트트레이더스)
독일산 돼지 삼겹살 2.5kg	약 2만원 (이마트트레이더스)
쌀 10kg	약 3만원 (이마트트레이더스)
김치 10kg	약 1만원 (인터넷 최저가)

2019년 말을 기준으로는 약 10% 정도 줄었지만 10만원으로 구입할 수 있는 식재료 양은 여전히 적지 않습니다. 김치의 경우 중국산이기는 해도 구매평이 10만건 이상으로 인기가 높습니다. 저 정도 쌀과 고기와 김치만 있어도 한 사람이 보름 정도는 버틸 수 있습니다. 쌀은 하루 660g 정도 먹을 수 있어요. 햇반 세 개 분량이죠. 육류는 500g씩 열 번을 먹을 수 있어요. 부족한 양이지만 여기다 반찬이나 찌개를 더하면 괜찮을 것 같아

요. 또 육류의 양이 차지 않으면 닭고기 위주로 구입하는 것도 방법이에요. 10만원이면 닭가슴살, 닭발, 통닭 등 다양하게 대량으로 구입할 수 있어요.

한달 동안 복권 10만 원어치를 구입하면서 저 귀하고 많은 음식을 복권 쪼가리와 바꾸면서 지냈습니다. 복권 당첨 환상의 마취에 빠져서 지내기 위해서 말이죠.

나는 로또 복권뿐 아니라 술에도 의존했습니다. 서진 씨는 매일 서럽게 술을 마시는 나를 보면서 무척 속상했을 겁니다. 실직 직후에 나는 절망과 공포의 수렁에 빠져들었습니다. 세상이 나를 배신하고 버렸다고 생각했습니다. 서러웠습니다. 무서웠습니다. 숨 막히는 기분이었고 곧 내 머리끝까지 수렁에 잠길 것 같았습니다.

겁쟁이 나를 달래준 것은 술이었습니다. 아주 훌륭한 마취제입니다. 술 한 잔을 하면 즐거운 상상도 가능합니다. 행복하고 편안하며 유복한 생활이 펼쳐질 것 같은 막연한 낙관에 젖게 되더군요.

술이 비싸다면 아마 주저했을 겁니다. 술은 기적적으로 저렴합니다. 1997년경 소주 한 병의 소비자 가격은 1천원 전후였습니다. 2019년에는 1천300원 가량입니다. 23년이 지났지만 소주를 사서 마시는 게 전혀 부담스럽지 않습니다. 지금도 2천

600원만 있으면 소주 두 병을 마시고 만취해서 뻗을 수 있습니다. 소주는 몸을 축낼지언정 내 돈은 착취하지 않아요. 소주야말로 알코올 의존증 서민의 진정한 벗입니다.

아무리 싸도 술이 무상인 것은 물론 아닙니다. 술도 로또 복권처럼 구입비가 듭니다. 나는 싼 것을 구입하려고 노력했지만 술과 안주를 구입하고 집앞 마트에 줬던 돈이 월 20만원은 되는 것 같네요. 그러니까 로또와 주류 구입비만도 월 30만원입니다. 2019년 초반의 식재료 가격으로 환산하면 소 등심 7.5kg과 삼겹살 7.5kg 그리고 쌀과 김치 각각 30kg을 갖다 바친 것이죠. 마취제를 사려고 말이에요. 정말 어마어마한 양입니다. 한달 안에 다 먹으려면 하루에 소나 돼지를 500g씩이나 먹어야 해요. 쌀과 김치는 일일 1kg이고요. 그 돈을 술과 로또에 쏟아부었습니다. 식재료로 환산하고 보니 나는 정말 실성한 인간인 것 같아요.

그런데 돈이 문제가 아니더군요. 특히 술을 마시면서 낭비한 시간이 더 심각해요. 내가 일을 왕성하게 할 수 있는 한계 나이로 60세를 잡았습니다. 그러면 나에게는 8년의 시간이 남게 됩니다. 술을 마시고 해롱거리며 보내는 시간이 하루에 2시간 정도가 되요. 늦은 밤에 막걸리 한 병을 마셔도 1시간 이상이고 저녁 반주를 마시거나 친구를 만나면 훨씬 길어지죠.

하루에 2시간을 잘 활용하면 내가 무엇을 할 수 있을까요.

하루 2시간 책을 읽으면 한달이면 최소 10권은 될 테고 1년이면 120권, 8년이면 960권이 됩니다.

하루 2시간이면 일년에는 730시간입니다. 그 시간 동안 팔굽혀펴기를 하거나 유산소 운동을 하면 어떨까요. 아주 우람하고 건강하게 60살을 맞을 수 있습니다. 지게차 등 중장비 학원을 다니며 공부를 해도 충분한 시간일 것이고 요리사 자격증도 여러 종류 취득할 수 있을 겁니다. 아니면 음식점에 취직해 짬뽕 만드는 기술을 배워도 될 것 같습니다. 또 외국어를 익히면 어떨까요. 나에게는 아직 시간이 많이 남아 있습니다. 이 시간을 소중하게 써야 할 겁니다.

꿈을 하나 골라서 그것에 매일 투자하면 이룰 수 있을 겁니다. 그런데 나는 술을 마시면서 그 시간을 낭비하고 있습니다. 정말 실성한 것이죠. 두렵다고 징징거리면서 술을 마시는 동안 나의 시간은 줄어들고 나는 더욱 불리한 상황으로 내몰립니다. 나는 그걸 못 보거나 짐짓 안 봅니다. 제 정신이 아닌 겁니다.

나는 복권과 음주를 멀리해야 마땅합니다. 나는 그 결심을 서진 씨에게 말하며 내심 칭찬과 동의를 기대했어요. 그런데 헛짚었어요. 가볍게 한 말이라서 기억 못할 수도 있는데 서진 씨의 반응은 이랬습니다.

"그런데 괜찮아요. 가끔 복권을 사세요. 과음은 절대 안되지만 술도 조금씩 마시고요. 대신 소고기나 돼지고기를 덜 먹으면 되잖아요?"

무슨 말인지 알겠어요. 사람이 원래 헛된 상상도 좀 하면서 지내게 마련이고 또 가끔 술 마시며 시간을 허비하는 것도 인간적이라는 뜻일 겁니다. 맞는 말이에요. 서진 씨는 "너무 자기에게 엄격하면 좋지 않은 것 같다"고 덧붙였어요.

서진 씨와 나는 이런데서 다른 것 같아요. 서진 씨는 느슨한 삶을 추구하고 나는 빈틈 없는 삶을 지향합니다. 서진 씨는 너무 빡빡한 계획을 싫어해요. 나는 정확한 계획을 세워서 돈과 시간과 에너지를 효율적으로 써야 한다는 입장이죠.

내 입장을 좀더 자세히 말하자면 돈과 시간만 문제가 아니에요. 사실은 용기의 문제예요. 현실을 직시해야 하는데 나도 모르게 겁이 나요. 그래서 술과 복권에 의지해서 현실을 회피하는 습관이 들게 된다고 자가 진단합니다. 서진 씨는 가끔 도망다녀도 된다는 입장이지만, 나는 심약한 도망자 신세가 되는게 많이 두려워요.

아무튼 둘의 입장차를 조율하기는 해야겠네요. 내가 내린 절충안은 단순합니다. 구입을 절반으로 줄이는 거죠. 복권은 한 달에 5만원만 사겠어요. 사실 로또 복권 한 장만 사도 상상을 즐기는 데는 부족함이 없어요. 술도 줄일수록 좋겠죠. 동네 마트에서의 음주 관련 소비는 월 10만원 선에서 유지하겠습니다. 내가 월등히 건강해지겠네요.

서진 씨. 고마워요. 가끔 복권을 사서 공상도 하고 술을 마시면서 헛생각에도 빠지라고 응원해줘서 나를 편안하게 했습니다. 그래도 절제할 겁니다. 시간을 아껴서 독서든 취미 생활이든 의미 있게 보내겠습니다. 시간은 내가 가진 가장 중요한 자원이니까요. 나중에 어떻게 변할지 모르지만 일단 내 성향대로 빡빡하게 계획을 세우고 살아보겠어요.

이해 받지 못해도
괜찮아요

서진 씨도 아는 것처럼 나는 실직자 신세가 되었다는 걸 일부 친구에게만 말했습니다. 특히 처음 1년 동안은 거의 함구했는데 고등학교때부터 친한 친구 B에게는 터놓게 되더군요. 그 슬픈 대화는 이랬습니다.

"나 사실 실직했다. 지난 1년 동안 수입이 거의 없었다."

"정말이냐?"

"응. 그렇게 됐다."

"생활비는 어떻게 하냐?"

"조금 있는 돈으로 버틴다. 글쓰고 번역해서 푼돈 벌고."

"재취업은?"

"그것도 쉽지 않더라."

"힘 내라. 곧 좋아질거야. 우리 나이엔 그런 친구들 많더라고."

이상하게 서운했습니다. 괜히 말했나 후회도 하게 되었어요. 문제는 "너 같은 처지의 사람이 많다"는 대목입니다. 사실이겠죠. 나도 동의합니다. 하지만 세상에 실직자가 아주 많지만 친구 B 앞에 앉아 있는 실직자 나는 유일하며, 나의 슬픔은 고유한 것이었습니다. 나는 개체로서 존중받고 이해받고 싶어 처지를 고백했는데 친구는 나를 수많은 실업자 군중의 한 사례로 취급했습니다. 날 따뜻하게 이해해주면 좋았을 텐데요. 섭섭해서 친구에게 오랫동안 연락하지 않았습니다.

그런데 또 다른 친구 두 명도 내 처지를 듣고는 비슷한 반응이었습니다. "힘 내라. 직장 잃은 사람들 다 극복해내더라." "시간이 조금 흐르면 해결될거야. 파이팅!" 응원을 해줬지만 역시 무성의하다 싶었어요. 서운한 마음이 깊어갔습니다.

하지만 생각해보니 서운하게 생각했던 내가 이상합니다. 친구들의 반응 이상으로 더 따뜻한 말을 하는 게 가능할까요? 아무리 친한 친구라도 상대의 처지를 자기 일처럼 이해해주는 건 불가능합니다. 나도 실연을 당했거나 불합격했거나 회사에서 잘린 친구의 슬픈 마음에 진정으로 공감했던 것 같지는 않아요. 함께 시간 보내고 농담하면서 웃어주는 게 나의 최선이었죠.

친구들이 아니라 내가 이상합니다. 나는 왜 이렇게 이해를 갈망하게 되었을까요. 힘들기 때문입니다. 외롭고 두렵고 혼란스러워서 내 마음을 진정으로 이해하고 보듬어줄 누군가가 절실했던 것이죠. 그런데 실현 불가능한 바람이었던 것 같아요. 나도 친구가 만족할만큼 깊이 이해해줄 수 없고 친구들 역시 같습니다.

실직자가 되어서 알았습니다. "이해는 불가능하다. 오해만 받지 않아도 다행이다"라고 말할 수 있게 되었습니다. 이전에는 서로 이해하면서 지낼 수 있다고 생각했습니다. 그런데 내가 절실히 이해를 원했을 때 그것을 꺼내보인 친구는 없었습니다. 내가 깊은 계곡에 빠진 겁니다. 누군가 밧줄을 내려줄 줄 알았는데 내가 원하는 깊이까지 늘어뜨릴 밧줄이 아무에게도 없었던 것입니다.

깊이 이해받지 않아도 됩니다. 오해만 하지 않아도 고마워요. 그렇게 생각하니, 친구들에 대한 서운함이 씻겨내려갔고 다시 연락해서 만나고 떠들 수 있었습니다. 조금만 기대하는 겁니다. 아무리 친한 친구라도 말이죠. 반대로 말할 수도 있을 겁니다. 정말 소중한 사람이면 완전한 이해를 요구하지 말아야 합니다. 세상에 없는 걸 내놓으라고 하면 잘못입니다. 그렇게 해서 나는 이해받지 못해도 불행이 아니라고 믿게 되었습니다.

또 존중받지 않아도 괜찮다는 생각도 갖게 되었습니다. 달리 말하면 조금 무시당해도 되는 겁니다. 돈벌이를 할 때도 무시당하는 일이 종종 있었지만 실직 후에는 일상다반사였습니다. 책 출간 제의를 했는데도 아무 답을 얻지 못할 때가 많습니다. 취직 원서를 냈지만 영원히 회신이 없는 게 한두번이 아니죠. 존중받지 못하고 무시당하는 존재가 되니 서러웠습니다. 울화도 치밀었어요.

그런데 돌아보면 나도 남을 무시하면서 살았습니다. 내가 안정적으로 돈벌이를 하는 동안에는 실업자의 처지에 조금도 관심이 없었죠. 길에서 폐지 줍는 노인과 소액을 벌기 위해 고생하는 노점상인들은 내 눈에 들어오지 않았습니다. 전단지를 나눠주는 사람들을 인격체로 대한 적도 없었습니다. 눈길도 안 주고 반응도 안했으니까요. 친구나 후배가 곤경에 처했다고 해도 공감하지 않고 대충 넘겼습니다. 그들의 슬픈 마음을 무시한 거나 다름없습니다.

나쁜 일이지만 우리는 서로를 조금씩 무시하면서 살아갑니다. 부끄럽지만 그게 우리 삶의 환경입니다. 나도 무시했고 무시를 당하는 겁니다. 누구나 그럴 겁니다. 무시는 보편인 것이죠. 내가 무시를 당하는 건 하나도 이상하거나 특별하지 않은 일입니다. 극진한 존중을 받지 못하고 무시를 당해도 서러워하지 않는 게 성숙한 태도겠지요.

서진 씨가 잘 모르는 친구 D가 있습니다. 대기업에 20년 가까이 다녔던 그 친구가 회사에서 쫓겨났습니다. 많이 힘들어했지만 그래도 그 친구는 조건이 좋은 편입니다. 대기업 출신자라서 재취업 가능성이 높았죠. 그런데 그는 내가 생각 못한 고민에 빠져 있었어요. 하청업체에 입사하면 과거 직장 동료나 후배를 상대해야 할 텐데 무시당하게 될 것 같아 싫다는 것이었습니다. 남들은 꿈만 꾸는 재취업의 꽃길을 내팽개치겠다는 것이었습니다. 나는 단호하게 말했죠.

"너는 왜 무시를 당하면 안 된다고 생각하냐? 옛직장 동료나 후배 직원의 비위를 맞추는 게 싫다고 했는데 내가 볼 때 우스운 고민이다. 아직 배가 부른 모양이다. 너는 그 잘난 대기업에 다니면서 하청업체 사람들을 무시했잖아. 아니라고 하겠지. 넌 그 사람들을 무시한다는 걸 자각도 못했을거야. 이제는 네가 무시를 당할 차례야. 너도 견딜 수 있어. 무시를 당하면서 참는 것도 능력이다. 굴욕을 멋지게 견뎌내고 돈을 벌어서 집에 갖다 줘. 그래야 사랑받는 남편이 되고 아빠가 될 수 있어."

대충 그렇게 쏘아붙였습니다. 말을 끝내고 나니 후회가 밀려오더군요. 너무 독하게 말했습니다. 나를 포함해 수많은 실직자들이 꿈꾸는 재취업을 무시당하기 싫어서 하지 않겠다니 약이 조금 오르기도 했던 모양입니다. 또 존중받으며 살고 싶어 하는 친구의 순진한 마음이 답답했을 겁니다. 다행히 친구는 미소 지으며 고민을 해결했다고 말해줬어요. 하지만 너무 격하게 말한 건 미안하고 후회합니다.

그래도 내 말이 맞는다고 생각합니다. 완전한 존중을 꿈꾸지 말아야 성숙한 사람입니다. 완벽한 이해처럼 완전한 존중도 개념만 있지 현실에서는 없어요. 적당히만 존중 받고 부분만 이해받아도 훌륭한 것 같아요.

존중과 이해를 일부분 포기하면 뜻밖의 선물도 있어요. 바로 용기가 생깁니다. 무시당할까 무서워 말을 못 꺼내는 일이 많은데 기대를 접으면 쉽게 말문이 열립니다. 또 100% 이해 받기를 포기하면 친구와의 솔직한 대화를 꺼릴 이유가 없어집니다. 나만은 존중 받고 이해 받아야 한다는 생각이 실은 이기적 기대입니다. 60% 정도만 이해해주고 이해 받아도 대단히 훌륭한 관계일 겁니다. 그걸 이 실업자는 이제야 절실하게 깨달았습니다.

아빠가 울어야
가족이 행복합니다

눈시울은 눈의 가장자리입니다. 돈을 못 벌게 된 후 나의 눈시울은 자주 붉어졌습니다. 서진 씨 앞에서 두려움을 고백할 때 자주 그랬어요. 아주 매운 주꾸미 볶음 집이었습니다. 앞으로 돈 벌 수 있을지 자신없다고 고백하는데 눈시울이 뜨거워졌습니다. 들키고 싶지는 않았어요. 울대에 힘을 줘서 꾹 참으려 했어요. 깊게 호흡하고 고개를 돌려 하늘을 봤습니다. 견딜만하더군요.

그런데 탁자 위에 올려둔 내 왼손에 다른 손 하나가 포개졌습니다. 그 순간 무장해제가 되어버렸습니다. 여전히 고개를 돌리고 입술을 꽉 닫고 있었지만 왈칵 쏟아지는 눈물을 참을 수가 없었습니다.

서진 씨는 울지 않았습니다. 내 손만 잡았을 뿐 나를 바라보지도 않았습니다. 시선을 떨군 것은 내가 무안할까 봐 염려되어서였을 겁니다. 서진 씨는 소주 잔을 들면서 말했습니다. "걱정 말아요. 당신은 무지막지 유능해요. 소주나 한 잔 더 해요." 코끝이 찡했습니다.

다른 곳에서 말했듯이 정신과 의사 앞에서 앞날이 걱정되어서 견딜 수 없다고 눈물을 흘린 적이 있습니다. 의사는 당황한 표정으로 말했습니다. 상투적인 위로였지만 고마웠습니다. 그는 "가족들에게 선생님은 소중한 존재입니다. 나쁜 생각하시면 절대 안 됩니다."라고 했던 것 같아요. 나는 종교인 앞에서 고백이라도 하듯이 의사에게 의지하고 토로했어요 개운하기는 했는데 눈물을 닦으며 진료실을 나오니 대기 환자 대여섯명이 시선을 집중하더군요. 조금 창피했어요.

나는 또 친구에게 걱정을 토로하면서 눈시울이 붉어지기도 했죠. 직장을 잃어 1년 동안 거의 수입이 없었고 책을 써서 돈벌이하는 것도 고단하다고 말하는데 눈물이 핑 돌더군요. 나중에 후회가 들었지만 당시에는 울음을 참기 어려웠어요.

위에서 말한 세 가지의 눈물은 이유가 같습니다. 무서워서 흘린 눈물들입니다. 나쁜 일이 생길 것 같아 두렵고 이겨낼 자신이 없어서 바들거렸던 겁니다. 아이처럼 무서워서 남 앞에서 울고 말았습니다. 아주 창피한 일입니다.

커서 남 앞에서 눈물을 흘린 적이 많지만 보통 다른 이유에 서입니다. 기쁜 일이 있으면 남 앞에서 얼마든지 울 수 있어요. 우승한 프로야구 선수들처럼 부끄러울 게 전혀 없죠. 억울해도 울 수 있습니다. 사랑을 잃고 울었던 적도 있는데 역시 수치스 러운 눈물은 아니었습니다.

다른 이유라면 몰라도 무서워서 남 앞에서 운 기억은 거의 없습니다. 남자에게 그런 건 용납되지 않는다고 배웠고 믿었습 니다. 정 견딜 수 없다면 혼자 울어야 합니다. 내 방에서 음악 을 크게 틀어 놓고 울면 됩니다.

남자가 무서워서 타인 앞에서 울면 창피한 일이라고 교육을 받았습니다. 남자가 해서는 안 되는 부끄러운 일이라고 배웠어 요. 남자는 강철 같은 존재여야 한다고 생각하면서 평생 눈물 을 참고 살았습니다. 그런데 경제적 능력을 대부분 상실한 후 에는 달라졌어요. 걱정과 두려움에 대해서 말하다 보면 불쑥불 쑥 눈물이 나는 겁니다. 주책 맞다 싶을 정도였습니다. 타인에 게 연민을 느껴도 눈물이 났어요. 불쌍한 어린이나 노인이 TV 에 나오면 눈물이 흐르는 겁니다. 부모 자식의 감동적인 사연 이나 남녀의 안타까운 러브스토리를 듣거나 읽어도 훌쩍거리 게 되었습니다. 이 늙은 아저씨의 눈물샘이 사춘기 소녀처럼 민감해진 것입니다. 나는 울보가 되어버렸습니다.

처음에는 이게 무슨 일인가 싶어 당황했어요. 심리적으로 문제가 있는 게 아닌가 걱정도 되었어요. 그런데 자꾸 눈물을 흘리며 반복 체험을 하다보니 알게 되었습니다. 눈물을 흘리면 좋은 일이 많았습니다.

우선 울음은 마음의 건강에 이로운 것 같아요. 눈물 몇 줄기라도 흘리고 나면 마음이 후련합니다. 물이 가득 차서 댐이 터져버릴 것 같은 순간 수문을 활짝 열어서 물을 콸콸 배출하는 그런 느낌이죠. 이제 스트레스와 고민이 다시 쌓여도 크게 걱정하지 않아요. 한번 시원하게 울어버리면 새롭게 시작할 수 있거든요. 울음은 아픈 마음을 치유하는 힘이 있습니다.

눈물은 또 상대방과 친하게 만듭니다. 눈물을 보이는 게 좀 부끄러운 게 사실이지만, 상대가 내 마음을 이해해주면 두 사람은 친밀해집니다. 눈물이 많아진 후 내가 서진 씨와 정서적으로 가까워진 게 사실입니다. 눈물은 친밀감을 높이는 힘이 있네요.

눈물은 또한 육체 건강에도 도움이 됩니다. 울고나면 울분이 풀리고 마음이 개운해져서 화가 나지 않습니다. 떨리는 마음도 진정되고요. 분노나 두려움이 사라진다는 건 심장 건강에 유익한 일일 겁니다. 눈물은 진정한 보약이요 영양제인 것 같아요.

우리나라에서는 남자의 자살률이 여자 자살률의 2배가 됩니다. 남성의 자살률이 높은 건 여러 이유가 있겠지만 남성이 감정 표현을 억제하는 것도 한 가지 원인이라고 합니다. 기쁨도 슬픔도 잘 표현하지 않는 게 남자입니다. 그렇게 마음을 억누르다보니 문제가 생긴다는 겁니다. 여자보다 남자가 알코올 중독이나 스트레스 질환이 많고 자살률도 높습니다.

눈물을 흘려서 감정을 푸는 게 정신 건강에 좋은 것 같아요. 울음은 나쁘지 않습니다. 부끄럽지도 않습니다. 눈물이 많아지면 마음이 건강해집니다. 사람들과 친해집니다. 내가 여러번 울어봤더니 분명히 그렇더라고요.

영화 '국제시장' 마지막에 노인 황정민이 아버지 사진을 바라보면서 말합니다. "이만하면 내 잘 살았지예? 그런데 내 진짜 힘들었거든예."

말을 끝내고 그는 서럽게 울기 시작합니다. 아마 가족들을 위해 희생하며 살았던 일생을 돌이켰을 겁니다. 평생 그는 거칠고 고된 세월을 남자답게 꿋꿋이 버텨왔는데 이제는 늙고 힘이 빠졌습니다. 게다가 자신처럼 가족을 위해 희생한 아버지 얼굴이 눈에 들어왔습니다. 어찌할 도리 없이 눈물이 왈칵 쏟아졌을 겁니다. 영화를 보던 내 눈에도 뜨거운 것이 고였어요.

그런데 그가 방에서 서럽게 우는 동안 거실의 분위기는 완전 딴판이었습니다. 자녀와 손주 등 가족들은 파티 분위기였어요. 그렇게 즐거울 수 없었어요. 아이의 노래에 맞춰 박수를 치면서 모든 가족은 행복합니다. 늙은 아버지가 방에서 홀로 통곡하고 있다는 건 아무도 모르고 말이죠. 아버지 희생 덕에 가족이 행복하다는 걸 보여주는 설정이었을 겁니다.

그런데 서진 씨가 말했어요. "저 할아버지는 왜 혼자 울까요?" 맞아요. 나도 같은 생각이었어요. 황정민이 혼자 우는 장면이 마음 아프면서도 조금 답답하더군요. 왜 가족들 앞에서 눈물을 흘리지 않을까요. 물론 사실적인 설정입니다. 현실의 아버지들은 대부분 아내나 자녀 앞에서 이성적이죠. 감정을 드러내지 않아요. 눈물 흘리는 건 상상할 수도 없어요. 평생 죽을 때까지 말입니다.

바로 그런 현실이 문제입니다. 아버지도 사람입니다. 인공지능 로봇이 아닙니다. 감정이 있고 슬픔과 두려움을 느끼는 인간입니다. 때로는 사랑하는 가족들 앞에서 눈물을 흘릴 수 있고 또 그래야 합니다. 자신의 정신 건강에도 좋고 가족과 친해지기도 하니까요.

영화에서도 아버지가 "이만하면 아빠도 잘 살지 않았냐? 그런데 무척 힘들었다"라고 말하며 눈물을 떨구었다면 어떨까요. 또다른 감동이 있었을 겁니다. 가족들이 서로 깊이 이해하고 사랑하게 되었을 것 같아요.

그렇군요. 이제 알겠습니다. 진정으로 건강한 가족을 위해서는 아빠의 눈물이 필수입니다. 권위를 던져버리고 주책맞게 흐느끼는 아빠의 눈물이 가족들을 감동시킵니다. 가족들 사이 쌓인 감정의 장벽을 아빠의 홍수 같은 눈물이 무너뜨립니다. 아빠가 울어야 사랑이 꽃핍니다.

나 자신이 여러번 울다보니 그런 깨달음을 얻게 되었네요. 이 또한 실직해서 얻은 것입니다. 나도 앞으로 기회가 될때마다 시원하게 공개적으로 펑펑 눈물을 쏟아볼게요. 나와 가족의 행복을 위해서 말입니다. 눈물을 쏟을 조건이 마음에 이미 충분히 갖추어져 있어요. 기대해도 좋아요.

착하고 가벼운 남편이
되겠습니다

서진 씨. 허락해 주세요. 이제 무책임해지겠습니다. 책임감이 없는 남편으로 거듭나겠습니다. 놀란 건 없어요. 아내와 아이가 어떻게 되건 말건 나몰라라 한다는 게 아닙니다. 무위도식하며 살겠다는 선언도 아니고요. 단지 무거운 책임감에서 풀려나 좀더 착한 남편이 되겠다는 뜻입니다.

나는 책임감이 강해야 한다고 생각했습니다. 실제로 나는 일에 대한 책임감, 약속에 대한 책임감, 가족에 대한 책임감이 강한 편이었습니다. 정해진 기간에 약속한 일을 다 못하면 견디기 힘들었습니다. 또 나야 어찌되건 상관없지만 가족은 보호해야 한다고 생각하며 분투했습니다. 자기 자랑같이 들릴지 모르겠습니다. 그런데 말이죠, 무거운 책임감은 가면이라는 걸 알게 되었습니다. 강한 책임감의 뒤에는 큰 불안이 있습니다. 나는 책임 의식이 강했던 만큼 가슴을 졸이면서 살았습니다. 내일을 잘해내지 못하면 어쩌나 항상 두려웠죠. 또 가족을 못 지키는 일이 일어나리라고 늘 노심초사했던 거예요.

그런데 최근 알아낸 건 강한 책임감이 나와 가족을 괴롭힐 수 있다는 사실입니다. 먼저 나 자신이 어떻게 괴로운가 말해볼게요. 가족 부양의 책임감이 나에게 고통이었습니다. 특히 경제적 능력이 예전같지 않은 요즘에는 고통이 더합니다. '왜 나는 이정도밖에 안 되나'라며 슬퍼했습니다. '가족 부양 능력도 없는 내가 부끄럽다'며 자책했어요.

하지만 생각해보면 현명하지 않아요. 나는 이미 잃어버린 걸 갈망하고 있으니까요. 이미 경제적 능력을 상당히 잃은 게 나의 현실입니다. 물론 노력은 하겠지만 과거 수준의 경제적 능력을 되찾는 건 가능성이 낮아요. 어떻게 해야 하나요. 방법은 두 가지뿐입니다. 책임도 못 지면서 동시에 괴로워할 수 있어요. 아니면 기왕 책임 못지는 거 내 마음은 행복하게 유지하는 방법도 있습니다. 어느쪽이 나을까요. 내가 괴로워해봐야 가족에게 아무 도움이 안 됩니다. 오히려 집안 분위기만 망칩니다. 내가 술이라도 마시면 건강이 나빠지고 병원비도 더 듭니다. 책임을 못 한 것이 죄라고 생각하면 그런 고통스러운 일들이 일어나는 겁니다.

반대로 책임감을 벗어던지고 "책임을 못 져서 미안한데 나는 밝게 살면 안 되겠냐?"고 가족들에게 물어보면 어떨까요. 내가 서진 씨와 아들에게 그렇게 묻고 싶습니다. 가족들도 돈을 좀 벌거나 아껴쓰면 나을 겁니다. 이미 상황은 불가능한데 혼자 모든 걸 다 책임지려고 하면 발버둥쳐봐야 고통만 따릅니다. 무거운 책임감과 죄책감을 벗어던지는 게 현명한 선택인 것이죠. 그렇게 노력하려고 합니다. 이해해주세요.,

강한 책임감은 나 자신뿐 아니라 가족에게도 해롭다는 걸 알았습니다. 책임진답시고 가족을 통제하려고 했기 때문입니다. 많은 '가장'들이 그렇게 합니다. 아내와 아이의 자율을 인정하는 대신 자기 기준에 맞춰야 한다고 생각하는 겁니다. 구체적으로 말하면 '돈을 내가 벌어다주니 내가 원하는 대로 살아야 한다'는 요구가 남자 마음에 깔려 있는 것이죠.

나라고 특별하지 않은 거 인정합니다. 우리가 부부 싸움을 했던 게 기억이 나네요.

"내가 돈 벌어다주는데 당신은 도대체 뭐 하나요?"

정확히 그렇게 말했던 것은 아니지만 비슷한 의미를 담고 말했던 적이 있어요. 미안해요. 해서는 안 되는 말인데 나를 포함한 남자들은 무례합니다.

나의 무례한 질문에 서진 씨는 부드럽게 응수했어요.

"당신이 힘들게 일하는 거 알지만 나도 애 쓰면서 생활하고 있어요."

맞는 말이고 좋은 뜻의 말이었는데 삐친 나는 한 발 더 나아가고 말았습니다.

"솔직히 내 마음에는 안 들어요."

내가 했던 말의 의미를 뜯어보면 참 못됐어요. 내가 돈을 벌어오니까 내 마음에 들게 행동하라는 겁니다. 돈을 내세워 타인을 통제하려고 했던 것이죠. 인정하겠어요. 나에게 그런 통제 욕구가 있었어요. 아마 서진 씨를 많이 불편하게 했을 거고요. 미안해요.

나를 돌아보니까 영화 '어벤져스' 시리즈의 악당 타노스가 떠오릅니다. 그의 목표는 행복한 우주입니다. 그런데 생명체가 너무 많다고 봅니다. 만일 반만 없애면 나머지 반은 유복하게 살 수 있다고 그는 생각하죠. 그래서 실제로 대학살을 저지릅니다. 지구인의 절반도 없앴어요. 타노스의 가장 큰 문제는 뭘까요? 우주의 운명은 자신이 책임지겠다고 생각한 것부터가 문제입니다. 각자가 다들 알아서 살게 두면 됩니다. 자기가 뭔데 걱정하고 간섭하나요? 왜 우주의 행복을 자기가 책임지려 하나요? 과대망상 책임감이 통제 욕구를 일으켰고 결국 대학살까지 이어진 것입니다.

심청이의 과도한 책임감도 문제입니다. 왜 자기가 아빠의 시력까지 책임져야 한다고 생각했을까요? 아빠는 시력은 없으나 애인도 있고 나름 잘 살고 있는데 딸이 왜 아빠 인생에 책임감을 느끼고 자기 생명을 포기하려 했을까요. 심청이가 내 딸이 아니어서 천만 다행입니다. 책임감에 눈이 먼 어리석은 딸입니다. 혼내 줘야 합니다.

여기서 나는 중대 결심을 하게 됩니다. 이제 서진 씨에게 어떤 간섭도 하지 않겠다고 약속합니다. 당장 실현되기는 어렵지만 그래도 노력하겠습니다. 나도 몰랐지만 그간 돈을 번답시고 왕 노릇을 했던 것 같습니다. 대부분의 남자들이 그렇습니다. 자신이 입법자나 감독인 줄 압니다. 남자는 가족들이 자신의 이상을 따라야 한다고 생각합니다. 예를 들어 아이에게 그림 공부를 하지 말고 의사가 되라고 명할 권리가 있다고 믿는 거죠. 용돈을 주고 학비를 대기 때문입니다. 아내의 개인 생활에 간섭할 권리도 남편이 갖고 있다고 생각합니다. 반찬이나 청소나 자녀 교육 문제로 타박을 합니다. 월급을 벌어온다는 이유에서입니다. 즉 자신이 책임을 지고 있으니 지시도 따르라는 것입니다.

나는 그걸 그만두겠습니다. 어떤 간섭도 하지 않으려고 노력하겠습니다. 서진 씨에게 어떤 요구도 않고 방향 지시도 하지 않을 겁니다. 직장 상사를 모시듯 하겠습니다. 아름다운 장미를 대하듯이 하겠습니다. 누구도 장미에게 꽃을 피우라 말라 간섭하지 않는 것처럼 저 또한 개입하지 않을 겁니다.

그런데 서진 씨가 나에게 해줘야 할 것도 있습니다. 저는 요구합니다. 존경은 아니고 복종은 더더욱 아닙니다. 대신 귀여워해달라고 정중히 요청합니다.

"남편이 돈 버느라고 얼마나 고생이 많은데…."라면서 나를 떠받들지 마세요. 대신 귀여워해주세요. 돈을 버느라 애 쓴 나를 따뜻하게 안아주고 아껴주세요. 그것으로 충분합니다.

나는 앞으로도 가족들을 돕기 위해 열심히 살 겁니다. 하루 종일 일하고 매일매일 궁리할 것입니다. 돈을 벌어서 가족을 부양하는 게 나의 의무라는 생각을 완전히 접지도 않을 겁니다. 하지만 과거와는 다르고 싶어요. 내가 모든 책임을 떠안아야 한다는 중압감을 벗을 거예요. 부양 책임을 충분히 못하면 내가 열등한 존재가 된다는 강박에서 탈출할 겁니다. 최선을 다하되 되는 대로 벌고 부양하겠습니다. 나 자신을 책임감의 족쇄에서 풀어줄 겁니다.

또 가족들에게 간섭하지 않겠습니다. 강한 책임감의 숨은 얼굴은 통제 욕구입니다. 책임감과 통제 욕구 두 가지 모두를 버리려고 노력하겠습니다. '내가 부양할테니 내가 원하는 대로 살아라'는 나쁜 생각입니다. 대신에 '누가 돈 벌어 오건 각자 원하는 대로 살자'가 맞습니다. 나는 무거운 책임감을 벗어던 지고 착하고 자유로운 남편이 될 겁니다.

이제 남자답게
살지 않겠어요

서진 씨. 나는 강하게 살지 않을 겁니다. 유약한 남자가 되기로 마음 먹었습니다. 또 자주 패배하겠습니다. 이 악물고 이기려 들지 않을 겁니다. 이렇게 마음 먹으니 홀가분합니다. 마음이 가벼워요. 이런 게 감정적 해방인 것 같아요.

그날은 내가 크게 야단을 맞았습니다. 서진 씨는 정말 화가 났던 것 같았어요.

"왜 이렇게 늦었죠?"

오전 1시 정도였습니다. 그 정도 늦는 건 자주 있는 일이었어요. 난 서진 씨가 성을 내는 게 이해할 수 없었지만 그래도 성실히 답했죠.

"친구 만나느라고요."

"그럼, 미리 연락을 해야 할거 아니에요?"

"미안해요. 잊었어요."

"휴대폰은 왜 꺼놨죠?"

"배터리가 나간 것뿐이에요. 그런데 왜 이렇게 몰아세우죠?"

"걱정했잖아요. 살기 싫다는 사람이 연락도 없이."

내가 그즈음 살기 힘들다고 칭얼거리는 소리를 많이 했는데 그 때문에 걱정을 많이 했던 모양입니다. 서진 씨가 뿔난 이유가 이해되었습니다.

"미안해요."

"두번 다시 이러지 마세요! 알았어요?"

서진 씨는 지시하듯 강경한 어투로 말했습니다.

기분이 묘했습니다. 별 것도 아닌 일로 야단을 맞아서 우선 어안이벙벙했어요. 그런데 기분이 나쁘지는 않았어요. 오히려 따뜻한 느낌이 들었다고 해야겠네요. 서진 씨가 나를 걱정해주니 안온했던 겁니다. 나를 보살펴주겠다는 의지도 읽혀서 포근했고요.

예전 같았으면 나는 불쾌했을 겁니다. 반발도 했겠죠. 별 것도 아닌 일로 화 내고 소리 치는 서진 씨가 잘못이라고 강력히 주장했을 겁니다.

나는 어린애 취급이 싫습니다. 나는 소위 말하는 가장입니다. 집안의 대장인 겁니다. 가족 간에 평등해야 한다고 말을 했지만 사실 나는 가장이라는 자의식에 젖어 있었습니다. 내가 결정하고 내가 지휘해야 맞다고 생각하면서 오래 살았습니다. 그런데 요즘은 좀 달라졌습니다. 아이처럼 보살핌을 받는 것도 나쁘지 않습니다. 늦게 다닌다고 걱정하고 타박하는 소리를 들으면 마음이 따뜻해집니다. 옷 따뜻하게 입으라거나 반찬 골고루 먹으라는 서진 씨 말이 내 마음을 행복하게 만듭니다.

또 다른 사례도 있었어요. 얼마전 나는 혈압계의 숫자를 보고는 놀라서 말했습니다.

"어, 혈압이 160이 넘게 나오네요."

역대급 수치였습니다. 몇달 동안 정신적 고통에 시달리고 불규칙하게 생활하며 운동은 끊다시피 한 결과일 겁니다. 서진 씨도 놀랐죠.

"예? 원래 130 정도였잖아요?"

"내가 요즘 스트레스가 심해서 그런 모양이에요."

"이러다 나쁜 일 나는 거 아닌가요?"

"너무 걱정 말아요. 괜찮아지겠죠."

나도 걱정은 됐지만 서진 씨는 안심시키고 싶었어요. 하지만 서진 씨는 문제를 가볍게 여기지 않고 단호했습니다.

"아녜요. 당장 다 그만두세요. 글쓰는 것도 이력서 내는 것도 다 그만둬요."

서진 씨는 강한 어조였습니다. 일이고 뭐고 다 집어 치우라고 명하듯이 말했습니다. 다음부터는 연락없이 늦으면 안 된다고 못을 박을 때와 비슷했어요. 나는 기분이 묘했습니다. 엄마의 보살핌을 받는 느낌이었거든요. 수십년 전 내가 어렸을 때 경험했을 그런 포근함이었어요.

서진 씨도 알겠지만 남자는 보호자가 되고 싶어 합니다. 주도권을 쥔 보호자가 되길 원하죠. 하지만 그런 남자의 욕망은 어느 때건 좌절됩니다. 보통은 50대 이후가 그때입니다. 실직이나 은퇴를 해서 직장을 잃은 경우 그렇습니다. 또 병에 걸리거나 친구들과 틀어져 외톨이가 되어도 남자는 자신이 누구를 보호할 입장이 아니라는 걸 알게 됩니다. 대신 보호를 받아야 하는데 이제 기댈 수 있는 사람은 아내뿐입니다. 수십 년 열세였던 아내가 이제 보호자가 되는 것입니다.

부모님의 지원을 받으며 3번의 자영업을 시작했다가 실패한 후배 B도 원래는 아내에게 고압적이었습니다. 지시 내리듯 말했으며 아내가 말해도 귓등으로 흘렸습니다. 그는 유학원을 운영하다 큰 손실을 입었습니다. 재기에 나서서 어린이 영어 학습 교재를 만드는 사업을 벌인 끝에 더 큰 손실을 봤습니다. 부모님의 마지막 남은 자본을 투자해 큰 규모의 맥주집을 열었지만 쌓이는 적자를 감당하지 못하고 문을 닫아야 했습니다. 폭삭 망한 그가 갈 곳은 집뿐이었어요. 집에는 아내가 있었고 아내는 어떤 외국계 회사에 다닌다고 했습니다. 무슨 회사인지는 모르겠어요. 남이 다니는 회사란 어떤 곳인지 몇번을 들어도 이상하게 기억할 수가 없네요. 아무튼 후배는 용돈도 아내에게 타 써야 하는 입장이 되었습니다. 후배가 한번은 환한 얼굴로 말하더군요. 아내가 용돈을 30% 올려 줬다는 겁니다. 그는 아내를 항상 칭찬했습니다. 언제나 고마워하는 것 같았습니다. 그가 착한 남편이 되었다면 내가 보기엔 전적으로 사업이 망한 덕분입니다.

번듯한 은행에 다니지만 성격이 좋지 않아 친구가 없는 B도 아내에게 기댑니다. 그는 갈수록 외톨이가 되어갑니다. 옛 친구들과 싸워 멀어지는 일이 잦으니까 친구 수가 점점 줄어드는 것입니다. 사회적 외톨이인 그에게 남은 건 단 한 사람, 아내입니다. 그는 아내에게 무척 다정합니다. 아내만은 절대 잃지 않기로 작정한 것 같아요.

물론 모든 남자가 다정한 남편으로 진화하는 것은 아니겠죠. 목숨이 끊어질 때까지 끝까지 호령하는 남자도 있어요. 서진씨도 아는 그 친척 어른은 제법 큰 회사의 임원으로 은퇴할 때까지 모은 재산을 끝까지 자기가 관리하려고 고집했대요. 그분은 여든이 다 되었을 때도 여전히 아내에게 호랑이처럼 굴더군요. 집안 행사 때 보면 20년 전과 똑같이 아내에게 불친절했고 명령조였습니다. 얼마전 그분이 갑자기 세상을 떠났을 때 아내 분은 분명 슬퍼하는 것 같았는데, 아내 분의 친구로 보이는 사람들이 말하는 게 들렸어요. "이제는 남편의 잔소리와 야단을 듣지 않고 편하게 살겠다"며 조용히 기뻐하는 것 같았어요.

나도 이제 약해졌고 자주 서진 씨의 보호를 받습니다. 내 혈압이 높아진 걸 알고는 마치 아기 건강을 걱정하는 엄마처럼 단호했던 서진 씨의 모습이 감동적이었습니다. 믿음직스러워요. 안기고 싶어요. 약해지는 것도 나쁘지 않군요.

여자도 그렇지만 남자도 나름의 사연으로 불쌍합니다. 가족을 위해 죽도록 돈을 벌어야 하기 때문에 불쌍하다는 뜻이 아닙니다. 어릴 때부터 강해야 한다고 배우기 때문에 안쓰러워요. 적이 나타나면 피하지 말고 정면으로 부닥쳐야 남자답다고 교육 받습니다. 역경이나 한계에 맞닥뜨려도 돌파해야지 멈추거나 돌아가면 좋은 남자가 아닙니다. 상처투성이 코뿔소가 이상적인 남성형인 것입니다. 얼마나 피곤할까요. 불쌍한 삶이 아닐 수 없어요.

나도 전형적인 남자입니다. 육체적으로 정신적으로 강해야 한다고 배웠고 또 그렇게 살려고 노력했습니다. 그런데 청춘의 에너지가 사그라들면 알게 됩니다. 남자다워야 한다는 편견이 남자 본인에게 큰 고통이라는 걸 말이죠. 오히려 보호받고 지시를 받는 것도 나쁘지 않습니다.

나는 이제 유연하고 보드라운 남자가 되려고 합니다. 여전히 남자로서 받은 교육이 뇌리에 새겨져 있으니까 어쩔 수 없이 딱딱하게 굴 때도 많겠지만 조심하겠어요. 가부장이 아니라 가족의 일원으로서 부끄러워 않으며 당당히 사랑과 보살핌을 갈구할 겁니다. 서진 씨. 귀찮더라도 자주 보듬어주세요. 부탁합니다.

끔찍한 세상,
굳건히 버틸게요

서진 씨는 강심장이 아닙니다. 공포 영화를 싫어합니다. 무서운 사건 뉴스가 나오면 탄식을 하고 고개를 돌립니다. 나의 TV 시청 취향이 상당히 불편했을 겁니다.

나는 종합 격투기 방송을 가끔 봅니다. 서진 씨는 왜 저런 걸 보는지 이해하기 어렵다고 몇 번 말했습니다. 맞아요. 종합 격투기는 잔인한 스포츠라고 할 수 있습니다. 권투는 쓰러진 선수를 더 때릴 수 없지만 종합격투기에서는 쓰러진 상대의 배 위에 올라 앉아 주먹을 날립니다. 때로는 목도 조릅니다. 팔다리가 꺾이는 선수도 있어요. 마음 약한 사람은 눈뜨고 보기 힘든 스포츠입니다.

서진 씨는 '진격의 거인'도 싫다고 했습니다. 그 기괴한 일본 애니메이션에 거부감이 드는 건 당연합니다. 나도 처음에는 이게 뭔가 싶었습니다. 보고 있으면 서늘해지는 기분이었어요. 설정부터가 음산하고 끔찍한 느낌입니다.

사람들은 작은 도시에 모여 살고 도시 주변에는 성벽이 세워져 있습니다. 사람들을 잡아 먹는 거인들을 막기 위해 만들어 놓은 것인데 어느날 성벽에 구멍이 뚫립니다. 이제 거인들이 침입해 사람들을 잡아 먹습니다. 정말 무시무시한 일이 터진 겁니다. 무표정한 거인들은 아무런 감정 없이 사람을 먹습니다. 주인공 소년의 엄마도 소년이 보는 앞에서 똑같이 희생되었습니다. '진격의 거인'은 말 그대로 피와 눈물이 멈추지 않는 애니메이션입니다.

종합 격투기나 '진격의 거인' 모두 정말 끔찍합니다. 무섭습니다. 공포감과 혐오감을 일으키는 게 사실입니다. 그런데 우리가 사는 세상도 일부 사람에게는 식인 거인만큼이나 끔찍합니다. 특히 학력이 낮거나 경험이 부족하며 가난한 사람들에게 그렇습니다. 나처럼 50대에 실직했으며 기술이나 자본이 없는 사람들도 끔찍한 세상을 경험하게 됩니다.

이 세상에서는 돈 없이는 살 수 없습니다. 돈을 벌려면 일을 해야 합니다. 아래는 2019년 한 구인 구직 사이트에 올라온 구인 정보입니다.

> 일용직 건설 현장 보조 구함.
> 20세부터 65세까지 지원 가능.
> 근무 시간은 오전 7시부터 오후 5시(휴식 1시간).
> 일당은 11만원.

타일이나 용접 기술이 있다면 모르겠지만 기술은 없고 몸뚱이만 있는 사람은 하루에 9시간 고된 노동을 하고 11만 원을 받습니다. 이마저도 매일 할 수 없겠죠. 휴일, 눈비 오는 날, 공친 날, 아픈 날 등은 빼야 합니다. 한달에 20일 정도 일하고 220만원을 버는 것이 최선입니다.

2019년 한 직업소개소가 인터넷에 올린 글은 또 이렇습니다.

> 가두리 양식장 및 각종 어선에서 일하실 분.
> 월급 180 ~ 300만원
> 선불가능, 숙식제공, 당일 취업

어촌에서 하루 종일 일하고 200만원 전후의 돈을 버는 사람들이 이 세상에 아주 많은 것입니다. 어디로 가서 어떤 물고기를 잡는 어선일지 공고만 봐서는 알 수 없습니다. 배가 아니면 이름 모르는 곳의 양식장에 갈 수도 있습니다. 숙식 제공이니까 일터 부근에서 먹고 자는 겁니다. 일하고 자고 다시 일어나 작업하는 걸 반복해야 한다는 뜻이죠. 당일 취업이므로 가족이 없거나 연락을 하지 않는 사회적 외톨이에게 적합한 일자리입니다.

일자리를 찾기 위해 구인 사이트를 뒤지다가 발견한 것들입니다. 어떤가요, 저런 일자리에 남편이나 동생이나 아들을 보낼 수 있을까요? 그러기는 정말 싫을 겁니다. 그런데 저런 구인 광고가 나온다는 건, 누군가는 그런 일을 하고 있다는 뜻입니다. '고된 일을 하며 사는 사람이 아주 많구나' 다시금 느꼈습니다.

어떤 사람에게 이 세상은 맛있는 음식을 먹고 여행도 갈 수 있는 즐거운 곳이지만, 다른 사람에게는 끔찍한 장소입니다. 종합 격투기 시합에서 흠씬 두들겨터지고 괴물에게 쫓기는 기분으로 살아야 하는 사람들이 있습니다.

등산을 몇 시간만 해도 시원찮은 무릎을 가진 나는 고된 육체 노동을 할 수 없을 것 같습니다. 실직 직후의 일입니다. 글쓰는 재주는 있으니 글쓰기 알바를 하면 어떨까 생각하고는 찾아본 적이 있어요.

요즘은 글쓰기 아르바이트가 대부분은 마케팅 홍보 글쓰기 알바더군요. 블로그에 특정 상품이나 상점을 홍보하는 글을 쓰고 그 대가를 받는 것입니다. 내가 글쓰기를 좋아하고 재택 근무도 가능하니 여러모로 좋겠는데 문제가 있더군요. 절대적인 저임금이었던 겁니다.

> 마케팅 홍보글 작성하실 분.
> 재택 가능. 작업 시간 자유롭게 조정 가능.
> (공백없이) 3000~3500자 글을 쓰면 5500원 지급합니다.

공백을 제외하고 3000~3500자로 홍보글을 작성하면 5500원을 준다는 공고입니다. 아래아한글의 글자 크기 10포인트로 A4용지 1페이지를 쓰면 공백 제외한 글자수 1500자 정도입니다. 두 페이지 써야 5500원을 주겠다는 겁니다.

A4 용지 두 장 분량의 글을 쓴다는 것은 절대 쉽지 않은 일입니다. 몇 시간이 걸릴 수 있습니다. 아주 빨리 써서 2시간만 소요된다고 해도 시급이 2250원입니다. 극단적인 저임금 노동입니다.

서진 씨도 2014년 있었던 송파 세 모녀 사건을 기억할 겁니다. 세 모녀가 스스로 선택해 함께 숨을 거둔 사건입니다. 어머니가 식당에서 일해서 버는 돈으로 생활을 했었는데 다쳐서 가족의 수입이 끊겼다고 합니다. 첫째 딸은 당뇨 등 병이 심해 돈을 벌 수 없었습니다. 둘째 딸은 신용카드 대금을 갚지 못해 신용불량자가 되어 제대로 된 직업을 얻기도 힘들었다고 합니다. 그런데 당시 경찰이 한 언론에 밝힌 바에 따르면 둘째 딸은 인터넷 댓글쓰기 알바를 하면서 푼돈이나마 벌었다고 했습니다.

1970년 전태일 열사가 스스로 몸을 불살랐을 때 가장 가난한 사람들은 평화시장의 시다로 살아야 했는데, 2019년 ICT 시대의 가장 가난한 이들은 인터넷 댓글러나 홍보글 작성자로 살아야 합니다.

세상은 끔찍합니다. 내가 돈을 안정적으로 버는 동안에는 전혀 몰랐습니다. 그런데 구직 사이트를 잠깐만 돌아봐도 금방 알 수 있더군요. 세상은 무서운 곳입니다. 가난하거나 능력이 부족한 사람들에게 가차없습니다.

그래서 어떻다는 것인가 궁금할 겁니다. 세상이 끔찍하니까 혐오하거나 좌절하겠다는 게 아닙니다. 나는 오히려 경건해지고 숙연해지는 마음입니다. 하루에 9시간 건설 현장에서 쉼없이 일하는 노동자를 존경하게 됩니다. 좌절감을 극복하고 평정심을 유지하면서 견딜 이 세상 가난한 사람들의 노동을 마음으로 숭배하게 됩니다.

그리고 그들처럼 열심히 살겠다고 다짐합니다. 시간을 아끼고 나의 에너지를 아껴가면서 살아갈 것입니다. 그래야 나와 서진 씨가 살 수 있고 우리 애에게도 작은 도움이라도 줄 수 있을 겁니다.

무서운 '진격의 거인'을 보라고 서진 씨에게 권하지는 않겠습니다. 아주 거북한 애니메이션이니까요. 그런데 내가 그 애니메이션을 보고 용기를 얻었다는 것을 알아주면 좋겠습니다. 내가 감동한 주인공 소년의 말을 대충 옮기면 이렇습니다. "우리 삶이 끔찍하므로 우리는 버틴다. 끝까지 싸울 것이다. 쓰러지지 않을 것이다."

삶이 끔찍하므로 더욱 강하게 버티겠다는 의지입니다. 나는 깊은 감명을 받았습니다. 힘들다고 생을 포기할 수는 없지 않습니까. 소박한 희망이라고 가슴에 품어야 합니다. 새벽길을 떠나는 일용직 노동자들처럼 성실히 그리고 꾸준히 일을 해야 합니다. 기회가 아직 남아 있다는 것이 감사합니다. 나를 위해서, 그리고 사랑하는 가족을 위해서 나는 이 끔찍한 세상 속에서 굳건히 버티겠습니다.

바보처럼 인생이 끝났다고
생각 않겠어요

서진 씨. 나는 가장입니다. 그런데 가장이란 얼마나 끔찍한 이름입니까. 가족을 부양하는 데 성공하는 가장은 오만해지기 쉽습니다. 반면 가족 부양에 실패할 때에는 반생명의 죄악까지 저지를 수도 있습니다. 실직한 가장이 높은 곳에서 뛰어내리는 일은 드물지 않습니다. 그런데 혼자 뛰어내리지 않을 때 그의 죄는 더 커집니다. 사랑의 명분을 내세워 가족들의 생명까지 앗는 가장들이 드문드문 있습니다. 진저리 칠 죄악이죠. 나는 한 사례를 똑똑히 기억합니다.

대단히 비극적인 사건이었습니다. 몇년 전 서울 강남의 한 대형 아파트에서 엄마와 아이들이 숨진 채 발견되었습니다. 범인은 그집 가장이었는데 실직이 비극의 출발점이었다고 언론은 보도했습니다. 남편은 성공적인 가장이었습니다. 이른바 명문대 출신으로 좋은 직장에서 높은 지위에 올랐던 그가 40대 말에 갑자기 실직하고 말았습니다. 처음에는 지위를 회복할 자신이 있었을 겁니다. 아이들에게는 실직을 숨긴 채 재취업 시도를 여러 차례 했는데 생각과 달리 좌절을 거듭하게 됩니다. 실직을 해도 시간은 흐르고 생활비는 들어갑니다. 그 남자는 그나마 행운이었습니다. 아파트 담보 대출로 필요한 생활비를 댈 수 있었으니까요. 대출금은 주식 투자에도 쓰였는데 투자는 실패로 끝납니다. 결국 빚이 많아집니다. 생활비로는 1억 원, 주식 투자로는 3억 원을 잃은 남자는 용서받을 수 없는 죄를 저지릅니다. 미안하다는 유서를 쓴 후 가족들의 생명을 앗았으며 자신도 전국 여기 저기를 돌아다니면서 자살을 시도하다가 뜻을 이루지 못하고 잡혔습니다.

모든 게 끝났다고 생각한 가장

이 사건을 '미스터리'라고 했던 기사가 있었습니다. 끔찍한 범행 동기를 납득하기 어렵다는 겁니다. 당시 가족이 소유한 아파트 가격이 11억 원이었다고 하네요. 빚을 계산에 넣더라도 남은 재산은 거액입니다. 그 정도면 떵떵거리지는 못하더라도 위신의 손상 없이 배도 곯지 않으면서 재기를 노릴 수 있었을 텐데 도대체 왜 그런 끔찍한 짓을 했는지 이해할 수 없다는 반응이 많았습니다.

그런데 서진 씨. 나는 그 괴인의 마음을 추리할 수 있을 것 같습니다. 그는 확신했을 겁니다. 우선 영원히 실직 상태일 거라고 믿었겠죠. 과거처럼 번듯한 지위는 영영 불가능하다는 판단을 내렸을 겁니다. 주식 투자 실패 경험은 자신의 무능력을 보여주는 또다른 확증이었을 겁니다. 다음으로 가족의 불행한 미래도 확신했을 거예요. 사랑하는 아이들이 창피한 가난을 겪을 게 틀림없다고 믿었을 겁니다. 두려움을 느꼈겠죠. 공포가 사람을 잔인하게 만듭니다. 자신이 가족을 사랑한다고 생각했겠죠. 아뇨, 그는 잔인했습니다. 그래서 그런 죄악을 저지른 것입니다.

사람 마음은 알 수 없는 심연이지만 나는 그렇게 상상합니다. 종말의 확신은 종교 집단 떼죽음의 원인이 됩니다. 불우한 부모들이 어린 자녀의 생명까지 앗으며 삶을 포기하는 것도 종말의 확신이 배경입니다.

그런데 실직 가장의 어두운 미래 예측은 맞을까요? 자신은 영원히 무능력한 존재로 살고 아이들은 학교와 사회에서 천대받다가 결국 자신처럼 쓸모없는 존재가 되고 마는 걸까요? 알 수 없는 일이겠죠. 삶에는 변수가 많으니까요. 불행이 돌연 닥치듯 행운도 어디에서 튀어나올지 모릅니다. 희망이 완전히 사라졌다는 확신은 오만입니다. 자신의 뇌가 마법의 수정 구슬도 아닌데 어떻게 미래를 완벽히 예측할 수 있겠어요. 폭격기가 날아드는 소리를 들은 부모가 죽음을 확신하고 옆에 누운 아기의 생명을 미리 앗는다면 미친 짓입니다. 절망했더라도 자신의 미래 예측을 확신하지 말고 가족 모두가 살아가게 놔두는 것이 당연히 옳습니다.

그런데 죄악을 저지른 실직 가장이 상상하지도 못했을 일이 일어납니다. 가슴을 치고 통곡하게 만들 격변입니다. 2018년을 전후해서 서울 아파트 가격이 미쳐버렸습니다. 그들 가족이 살았던 대형 아파트 가격은 20억 원을 훨씬 넘었습니다. 몇 년만 인내했다면 엄청난 불로소득이 생겼을 겁니다. 명문대를 졸업했다는 그 똑똑한 가장은 상상도 못했겠지만 가족에게는 복권 당첨과 같은 행운이 기다리고 있었습니다.

역경에 빠진 자들은 불행한 미래를 확신하게 됩니다. 그 확신은 불행을 정말로 현실화되기 쉬워요. '자기 충족적 예언'이라고 했던가요. 불행할 것이라는 예언을 자꾸 말하고 믿으면 그 예언대로 되는 겁니다. 결혼이 실패할 거라고 믿어버리면 결혼은 파탄날 겁니다. 자녀가 불행하리라 예언하는 부모는 아이에게 괴로운 불행의 근원이 됩니다.

빚이 1억원 늘었다며 대성통곡한 가장

서진 씨. 나의 운명이 어떤 것일까요. 10년이나 20년 후 우리의 삶은 어떤 모습일까요. 나는 자주 먼 미래를 생각합니다. 직장인은 오늘형 인간이지만 실직자는 미래형입니다. 직장인은 오늘 내일 처리해야 할 일에 매몰되지만 실직자는 자유롭게 먼 미래를 봅니다. 그런데 실직자의 미래 상상은 대체로 걱정입니다. 걱정하며 미래를 상상하면 나쁜 확신에 빠지기 쉽죠. 가난한 실패자로서 살아가야 한다고 확신하게 됩니다. 위에서 말한 그 가장처럼 말입니다. 무서운 확신입니다. 몸이 오그라들고 마음이 위축될 수밖에 없지요.

음식점을 운영하는 친구는 빚만 1억원이 늘었다고 합니다. 더 이상 무엇을 해볼 엄두를 낼 수 없다고 하더군요. 그는 사업 대신 취업을 해보려고 이력서를 몇번 냈지만 실패했다면서 나에게 이런 문자를 보냈습니다. "난 세상에 쓸모 없는 사람인 것 같다. 무용지물이 틀림없어." 또 구직 사이트를 아무리 뒤져도 자기가 할 수 있는 일이 없다고 판단하고는 "이제 정말 끝인 것 같다"라고 했습니다. 친구는 집에서 대성통곡을 했다고 합니다. 어쩌면 가족들도 그 울음 소리를 들었을지도 모릅니다.

사람 마음이 다 비슷합니다. 나도 충분히 이해할 수 있습니다. 서진 씨가 알듯이 나도 자주 그랬으니까요. 실패를 여러번 경험하면 또 실패할 거라고 확신하게 됩니다. 자기 인생이 다 끝났다고 더 이상 기회가 없다는 굳게 믿게 되는 것이죠.

그런데 인간 지성은 미개합니다. 미래 예측에 관해서 인간은 대부분 바보입니다. 또 실패를 할지 뜻밖의 성공을 구가할지 모르는 겁니다. 자신의 아파트가 두 배로 오를 수도 있고 폭락할 수도 있습니다. 내가 꽃길을 갈 수도 있고 가시밭길에서 쓰러질 수도 있습니다. 바보에 불과한 인간은 자신의 미래를 미리 알 수 없습니다.

나는 비관적 미래 확신을 갖지 않겠습니다. 나쁜 미래를 확신하는 순간 공포가 밀려오고 그 공포는 내 삶을 망가뜨립니다. 이미 많이 경험해 봐서 잘 압니다. 미래에 관해서는 백치가 훨씬 현명합니다. 바보처럼 아무 생각을 하지 않아야 합니다. 공포에 떨며 소란을 피우면 저 앞에서 날 기다리던 행운이 놀란 토끼처럼 달아나 버릴지도 모르니까요.

3부

지혜, 평화, 인생의 역설

나는 돈을 못 벌지 가치 없는 사람은 아닙니다

서진 씨, 하지도 않은 잘못 때문에 야단을 맞은 적이 있나요? 누명을 쓰고 벌 받으면 억울해서 미칠 것 같아요. 아무도 변호해주지 않을 때는 온 세상이 다 미워집니다.

가까운 한 친구로부터 위로를 받았습니다. 친구는 "실직은 사회 현상이지 개인의 잘못이 아니다"라고 했습니다. 내가 무능하거나 해서 직장을 잃은 게 아니라는 말입니다. 예컨대 건설업이 불황이면 자연히 실직이 발생하는 것처럼 사회적인 원인이 실직을 낳는다는 것이지요. 친구는 "직장 잃었다고 너 잘못 아니다"라고도 했습니다. 뜻은 고마운 말입니다. 언론과 인터뷰하는 많은 정신과 의사 등 전문가 사람들도 다들 판박이로 말합니다. 당신 잘못이 아니니까 자책 말라는 것이죠.

그런데 나는 그 착한 말이 마음에 와닿지 않았습니다. 상투적인 말 같았습니다. 잠시 고민하다가 솔직한 내 마음을 친구에게 말했죠.

"너는 누명을 써서 야단 맞은 적 있냐?"

엉뚱한 질문을 들은 것처럼 친구는 갸웃하면서 답했습니다.

"있지. 초등학교와 중학교 때 그런 일이 있었어."

"기분이 어땠어?"

"억울하고 화가 났지."

"나도 지금 그런 심정이야."

"응? 무슨 뜻이지?"

친구는 무슨 소리인가 하는 표정이었습니다.

"네 말대로 실직이 사회의 잘못이라면 내가 벌을 받으면 안 되잖아? 잘못은 사회가 하고 벌은 내가 받고 있어. 사회 잘못이면 사회가 고통을 받아야지, 왜 나와 내 가족이 힘들어야 하냐고. 다 입에 발린 소리야."

친구는 말을 잇지 못하더군요. 실수였습니다. 친구가 위로를 해주려고 했는데 내가 차갑게 반응한 겁니다. 왜 그렇게 날카롭게 반응했나 후회하고 곧바로 사과도 했지만 여전히 마음이 무겁습니다. 실직 스트레스에 실언 자책감까지 더해지고 말았습니다. 하나 더 있습니다. 그날 돈도 썼습니다. 친구의 만류에도 그날 마시고 먹은 값을 내가 냈어요. 미안해서이기도 하지만 나중에 친구가 고마운 말도 해줬거든요.

나는 이렇게 마음을 고백했어요.

"나도 인정하기 싫지만 실직은 내 책임이야."

나는 정말 그렇게 생각했어요. 내가 무능하고 무가치하기 때문에 돈을 벌 수 없는 신세가 된 것입니다. 내가 가치 있다면 왜 나를 찾는 회사가 없나요. 재취업을 위해 냈던 나의 이력서나 지원서가 왜 매번 무시당하나요. 무능하고 무가치한 내가 문제입니다. 그렇게 인정하는 게 비참하지만 사실이라고 봤습니다.

나는 실직한 내가 미웠습니다. 나 자신이 가치 없는 인간이라고 믿었습니다. 괴로웠습니다. 무기력했습니다. 길을 다니면서도 고개를 떨구고 걸었습니다. 죽겠더군요. 친구가 물었어요.

"네가 왜 쓸모없는 인간이지?"

"실직했고 새 직장을 얻을 수도 없으니까. 난 쓸모없다."

"그럼 난 쓸모없는 인간의 친구인가?"

"응?"

"너의 가족은 쓸모도 가치도 없는 인간과 살고 있는거고?"

"그렇게 되나?"

"네가 쓸모없다고 자학하면 넌 친구를 모욕하는 거야. 가족들도 욕되게 하는 거고."

"그런 뜻은 아냐."

"넌 쓸모없지 않아. 다만 돈을 많이 못 벌 뿐이야."

"돈벌이 능력이 얼마나 중요한데."

"네 아이가 돈을 못 벌면 쓸모없는 인간이라고 비난할거냐?"

친구 말이 맞습니다. 우리 아이가 돈벌이를 못한다고 해서 쓸모없는 인간은 아니죠. 가치 없는 존재도 아닙니다. 우리 곁에 있다는 것만으로도 축복입니다. 어떤 집 강아지가 모델도 하고 TV도 출연해서 돈을 번다고 해서, 매일 먹고 노는 우리집 강아지가 쓸모없는 것도 아니겠죠. 내 아버지는 퇴직하신 지 오래되었지만 쓸모없는 사람은 아닙니다. 그렇다면 나는 어떤 가요. 나는 다만 돈을 적게 벌 뿐이지 쓸모없는 사람은 아닌 겁니다. 근거도 없이 나는 무용지물이거나 무가치하다고 단언하면 엉터리입니다. 많이 벌건 못 벌건 나는 존중받아야 할 소중한 사람입니다. 친구 덕에 그 중요한 걸 알게 되었습니다. 내가 면박을 줬는데도 그렇게 고마운 말을 해줬어요. 내가 술값을 낼만했던 거죠.

다른 이들에 대해서도 생각해봤습니다. 한 대학 후배는 다니던 제과 업체가 다른 회사에 인수되면서 일찍 퇴사했습니다. 관련 일을 잠시 하다가 40대부터는 공사장에서 단순 노동을 하면서 돈을 벌었습니다. 요즘은 한 대형 마트에서 수십 개의 쇼핑 카드를 한꺼번에 밀고 옮기는 일을 하고 있다더군요. 그는 가치 없는 존재일까요.

대학을 함께 다닌 여자 동기는 똑똑하고 성실한 타입입니다. 그런데 아이를 낳고 3년 정도 기른 후 재취업을 시도했지만 자리가 없었습니다. 그녀는 20년 넘게 이런 저런 아르바이트를 하면서 지냅니다. 그 친구는 쓸모없는 사람일까요.

돈을 막대하게 벌어들인 친구도 있습니다. 고등학교와 대학교 동창인 한 친구는 당시는 인기 없던 소형 소프트웨어 개발업체에 입사했다가 게임 업체로 옮겼습니다. 떠밀리듯 회사 지분을 샀는데 회사 가치가 높아지면서 보통 사람들이 꿈꾸기 힘든 큰 부자가 되었습니다. 그는 가치가 높고 보통 사람들은 가치가 낮고 쓸모가 없는 존재일까요.

나는 깨달았습니다. 세상에는 돈 못 버는 사람은 있지만 쓸모없는 사람은 없는 것 같습니다. 병상에 누워 숨만 쉬는 중환자도 쓸모없지 않습니다. 부모에게 그 사람은 존재만으로도 감사한 기적입니다. 엄마가 중환자라면 살아만 있어도 어린 아들에게 축복입니다. 그보다 더 중요한 쓸모가 또 있겠습니까.

무일푼 실직자는 쓸모없는 인간이 아닙니다. 돈을 못 벌 뿐이죠. 단순 노동을 하는 엄마 아빠도 가치 없지 않습니다. 돈을 많이 못 벌 뿐 자녀들에게는 지구만큼 소중합니다. 지구보다 더 큰 쓸모가 또 있을까요.

그렇게 생각하기로 했습니다. 어깨를 펴고 당당하게 나를 변호할 겁니다. "나는 직장이 없는 거지, 쓸모가 없는 건 아니다." "나는 돈을 많이 못 벌 뿐이지, 가치 없지는 않아."

그러면 학교 성적이 좋지 않은 아이들에게는 이렇게 말해야 합니다. "너는 성적이 나쁜 거지 쓸모없는 게 아니야. 행복할 수 있어. 가치 있는 일도 할 수 있고."

집밖에 나가지 않고 외톨이로 살아가는 아이에게도 똑같이 말해줘야 당연합니다. "넌 쓸모없는 게 아냐. 친구가 없을 뿐이지."

병져 누워 있는 부모나 반려자에게도 같은 말을 해줘야 마땅합니다. "부담만 돼서 미안하다는 말은 이제 그만해요. 숨쉬는 것만으로도 고마워요. 곁에 있어 줘서 고마워요."

세상은 비정해요. 돈이 든다고 자식이나 부모를 버리고, 돈벌이 못하는 애인을 배신하고, 직장이 변변치 못하다며 친구를 모욕합니다. '쓸모'를 따지는 세상은 사람을 사람으로 보지 않아요. 인간을 물건으로 여깁니다. 돈이 없고 직장이 없고 성적이 나쁘면 불량품이 됩니다. 고장난 청소기나 액정 깨진 스마트폰처럼 취급받아요. 비정한 세상은 인간을 도구로 봅니다. 나 또한 그런 생각에 젖어서 살아왔던 것이고요. '쓸모 없는 인간'이 된 후에야 절실히 느꼈습니다.

조바심을 버리고
느릿느릿 살겠습니다

아마 서진 씨가 나를 곁에서 관찰하면서 절실히 느꼈을 것 같습니다. 실직하면 나쁜 성격이 더 나빠지는 것 같더군요. 조급증이 있던 사람은 실직 후 더 조급해집니다. 비뚤어진 성격은 실직의 풍상을 맞고는 더 비뚤어집니다.

서진 씨도 잘 알겠지만 나는 조급한 성격입니다. 예를 들어 열차역이 1시간 거리라면 1시간 30분 전에는 반드시 출발해야 합니다. 1시간 25분밖에 남지 않았는데 아직 집이라면 별별 상상을 다합니다. 십중팔구 열차를 놓치는 걸 머릿속에 그리게 됩니다. 그런 상상은 불안을 일으키고 짜증을 낳습니다. 아직 시간이 넉넉히 남았는데도 말입니다. 서진 씨는 아주 느긋합니다. 시간은 넉넉하다고 믿죠. 조바심 때문에 서진 씨에게 짜증 냈던 일이 많았어요. 사과합니다. 정말 미안합니다. 다시는 그러지 않도록 노력하겠습니다.

조급한 사람은 나쁜 일이 생기면 어쩌나 무서운 겁니다. 알고 보면 불쌍한 겁쟁이인 것이죠. 세상에는 그런 사람이 많아요. 특히 직장인 중에 흔하죠. 빨리 성과를 내야 한다는 압박에 시달리니 조급해질 수밖에 없습니다. 수십년 직장 생활한 많은 남편들이 쉽게 안달하는 데는 그만한 사정이 있는 겁니다. 아, 오해는 마세요. 변명은 아니고 이해해주면 어떻겠냐는 조심스러운 제안일 뿐입니다.

조급증은 실직 후에 더욱 심해지더군요. 시간을 끌수록 손실이 늘어나니 더 많이 불안해졌던 것입니다. 직장에서는 시간이 가는 게 좋았습니다. 정해진 월급날이 찾아오기 때문이죠. 실직한 후 새로운 일을 모색하면 완전히 다릅니다. 시간이 지나도 소득이 없는 경우가 많죠. 자영업을 하거나 길거리에 좌판을 깔거나 책을 쓴다고 가정해보죠. 오랫동안 열심히 일한다고 해도 돈을 벌게 될지 불확실합니다. 안정적 돈벌이가 단 몇개월이라도 지속된다는 보장이 없습니다.

빈자에게는 시간이 흐르는 게 공포입니다. 다음 달에는 대학생 아이의 등록금을 내야 하는데 내 통장에 입금이 될 확률은 높지 않습니다. 또 아버지 팔순이 다가옵니다. 카드결제일도 머지 않았습니다. 이런 상황에서는 시간 가는 게 무서울 수

밖에 없습니다.

나도 항상 시간에 쫓기는 기분이었습니다. 조급해져서 우왕좌왕 안절부절이었습니다. 영어 회화책을 출간하려고 헛되어 애를 쓰는 과정에서 특히 그랬습니다.

나는 몇년 간 공부해서 익힌 지식을 바탕으로 영어 회화 책을 한 권 완성을 했습니다. 순전히 내 생각일 뿐이지만 좋은 책 같았습니다. 이제 출판사들에 기획안과 원고를 줘야 합니다. 각 출판사의 홈페이지 등을 뒤지면 원고 투고할 메일 주소를 찾을 수 있죠. 처음에는 10곳 정도의 출판사에 메일을 보냈는데 답을 준 곳은 딱 한군데뿐이었습니다. 회신 내용도 의례적이었습니다. '2주 정도 검토 기간이 필요하며 출간 의사가 있을 경우에만 따로 연락한다'는 내용이었습니다. 즉 관심이 없으면 연락을 주지 않겠다는 것입니다. 이미 관심없다는 말로 들렸습니다.

출판사의 긍정적 반응을 얻지 못하니 마음이 다급해졌습니다. 이러다 망할 것만 같았습니다. 그래서 이메일 주소를 더 찾아서 20군데 출판사에 보냈습니다. 며칠 후 두 군데에서 답이 왔는데 '원고 내용은 훌륭한데 자신들과 방향성이 맞지 않아 출간이 어렵다'는 착한 거절 메일이었습니다. 어쨌거나 나는 좌절했습니다.

나는 책을 내지도 못할까 더욱 두려웠고 더욱 조급해졌습니다. 그래서 20군데 출판사에 추가로 메일을 보냈습니다. 조바심이 극에 달했습니다. 하루에도 수십 번 메일이 왔나 안왔나 알아보려고 스마트폰을 켜고 껐습니다. 새벽에 일어나서도 새 메일을 확인했습니다. 좀 과장하자면 목이 조이는 느낌이었습니다. 종업원 월급도 주고 임대료도 내야 하는데 매출이 쌓이지 않을 때 자영업자들이 맛보는 기분이 그럴 겁니다. 나는 그 기분을 견디기 힘들었습니다. 이제 망했다 싶었습니다. 한숨 쉬고 한탄하면서 시간을 보냈습니다.

나중에 돌아보니 내가 안달하고 조급해하면서 보낸 시간이 보름 이상이었습니다. 어처구니가 없습니다. 그 시간에 더 생산적인 일을 했어야 합니다. 책을 읽거나 자료를 모아서 다른 책을 쓸 준비를 하는 게 맞습니다. 아니면 운동이라도 해서 건강을 유지하는 편이 훨씬 낫죠. 나는 현명하지 못했습니다. 한숨 쉬고 불안해 하느라 내 인생 중 보름을 허비하고 말았던 겁니다.

조급한 사람은 자신의 적이라고 하던데 내가 딱 그렇습니다. 안달한다고 결과가 달라지는 것도 아닌데 안절부절못하면서 시간과 에너지를 허비했으니 내가 나의 치명적 주적인 게 맞습니다.

실직 후 조급해지고 불안해지는 건 당연한 반응일 겁니다. 하지만 그런 혼란한 마음을 그냥 두면 큰 손실이라는 걸 깨달 았습니다. 살고 싶다면 위태로울수록 정신을 가다듬어야 합니 다. 호랑이 등에 탄 사람의 마음이 고요해야 하는 것처럼 말입 니다.

회사 밖에서 살려면 우선 느긋해야 합니다. 또 뜻대로 되지 않더라도 마음을 가라 앉히고 차분히 기다려야 합니다. 조바심 을 내고 불안해하면 나만 손해고 내 시간만 낭비하게 되니까요.

출판 건만 해도 그렇습니다. 나는 출판사들이 빨리 답하지 않는다고 불만을 가졌습니다. 그런데 나의 이기심 같았습니다. 출판사 입장이 있을 겁니다. 출판 부적합 원고들이 수도 없이 밀려 들어올텐데 일일이 빠르고 친절하게 응대하다보면 업무 가 마비될 겁니다. 나의 모든 물음이 매번 성실한 답변을 얻어 야 한다는 생각은 유치합니다. 그들은 그들의 시간이 소중합니 다. 내 시간을 아껴주지 않더라도 원망하면 안 됩니다. 남탓하 면 나의 시간과 에너지가 허비되니까요.

또 실직자에게는 아무것도 안할 용기도 필요합니다. 실직자 에게는 성과 강박이 더 강합니다. 뭔가를 빨리 해서 성과를 내 고 돈을 벌어야 한다는 생각에 짓눌립니다. 서두르면 잘못된 판단을 내려서 손해를 입을 수 있습니다. 마지막 남은 돈을 날

리게 되는 식이죠. 때로는 아무것도 하지 않고 때를 기다릴 수 있어야 좋은 실직자입니다.

나는 직장을 잃은 후 정신적으로 조금은 성숙해지고 있습니다. 조급증과 불안을 줄이려고 노력합니다. 남을 원망하는 건 옳지 않다는 것도 알게 되었습니다. 또 인내를 갖고 조용히 시간을 보내는 게 아주 중요하다는 것도 배우게 되었죠.

달라이 라마의 말이 조금은 이해가 됩니다. "가장 큰 어려움을 겪는 시기에 가장 큰 지혜와 내면의 힘을 얻게 된다"고 했는데, 실직한 나도 아마 작은 지혜와 힘을 얻었습니다.

신혼 때 우리의 주수입은 서진 씨가 맡았었습니다. 서진 씨가 직장에서 받았던 월급은 넉넉하지는 않았지만 검소한 신혼 부부에게는 부족하지 않았습니다. 나는 그때도 프리랜서 작가 생활을 했습니다. 여러 잡지에 글을 기고하고 돈벌이를 했지만 액수가 많지도 않았고 수입 안정성도 떨어졌죠. 그래서 나는 조급해졌습니다. 빨리 빨리 책을 써서 돈을 많이 벌어야 한다고 생각하고 서둘렀습니다. 안달복달이었죠.

"왜 그렇게 서둘러요?" 서진 씨는 의아하다는 투였어요.

"우리는 너무 가난해요. 빨리 노력해서 돈을 벌어야 해요." 나는 너무 당연한 이야기 같았죠.

"천천히 하세요. 너무 조급해하지 말고요."

나는 답답했어요. 현실감이 없다고 생각했던 것이죠. "우리에게는 시간이 많지 않아요. 이러다 큰일나요. 서진 씨는 세상물정을 너무 몰라요."

나는 느긋하게 생각하라는 서진 씨의 조언을 철부지 같은 소리로 치부했습니다. 그런데 얼마 후 서진 씨는 직장을 그만둬야 했습니다. 내가 돈을 벌었지만 그래도 부족했습니다. 당시는 가능했기에 쌓아놓은 국민연금 불입금을 찾아 썼습니다. 우리 가계 경제가 극히 나빠졌습니다. 파산의 위기감도 컸어요. 그런데 일이 뜻밖에도 풀리더군요. 생각하지도 못한 일거리나 직장이 생겼습니다. 아이가 태어났고 집을 넓혔습니다. 내가 우려했던 경제적 파탄은 일어나지 않은 것입니다. 생각해보니 서진 씨가 직장을 그만뒀을 즈음에 좀 더 느긋해도 됐던 것입니다.

20년이 지나 우리는 또다른 위기를 맞았습니다. 재작년에 나는 실직했습니다. 재취업의 가능성은 희박했습니다. 베스트셀러를 내서 돈을 빨리 벌어야 한다는 강박에 매일 시달렸어요. 그때 서진 씨는 신혼 때와 비슷하게 말해줬습니다. 서두르지 말고, 너무 고통스러워 말고 천천히 해보라고 말입니다. 참 고마운 위로입니다. 후에 내가 베스트셀러를 내서 큰돈은 아니지만 감사하게 생활비를 벌었던 것도 서진 씨의 위로 덕분입니다.

나는 정말 열심히 살 겁니다. 시간 낭비를 하지 않을 겁니다. 일분 일초를 아끼고 정신을 집중할 것입니다. 하지만 서진 씨 말대로 조바심을 내지는 않겠습니다. 열심히 살되 천천히 나아갈 거예요. 바위를 깎는 석공처럼 느릿느릿 시간에 맞서겠습니다.

나에게 없는 것을
연연하지 않겠습니다

서진 씨에게 말하지 않았지만 의류 업체에 다니는 친척 형을 만나 상담한 일이 있습니다. 회사의 임원이고 나와 각별하니까 뭔가 돌파구를 마련해줄 것 같았습니다. 매장을 하나 내면 좀 편하게 돈을 벌 수 있지 않을까 생각했던 것입니다. 그런데 그 형이 저를 말리더군요. 수억원을 투자해야 하는데 수입은 천차만별이며, 내가 투자할 수 있는 금액과 매장 위치를 고려해보면 하루 종일 일해도 월 수입이 200만원이 안 된다는 설명이었습니다. 또 갈수록 인터넷 판매 비중이 늘기 때문에 오프라인 매장은 점점 어려워질 것이라고 덧붙였습니다. 나를 위해서 하는 말이라면서 포기하라고 했습니다.

형을 만나기 전에는 기대에 부풀어 있었습니다. 음식점이나 맥주집 등은 차려봐야 돈 날릴 가능성이 크겠지만 그래도

TV 광고도 많이 하는 의류 업체 매장이면 괜찮을 거라고 막연히 상상했습니다. 실직의 고통을 크게 줄일 수 있겠다며 혼자 미소 짓기도 했었죠. 그렇게 생각하고 행인들을 보니 형 회사의 옷을 입은 사람이 아주 많이 보였습니다. 희망에 들뜨지 않을 수 없었죠. 그런데 아니었습니다. 꿈이 산산조각이 났습니다. 나는 좌절했습니다. 직장을 또 잃기라도 한듯 크게 낙담했습니다.

몰래 나홀로 좌절한 채 TV를 켰는데 '나는 자연인이다'라는 프로그램이 진행 중이더군요. 이 프로그램을 보면 마음이 편해집니다. 나만이 아니라 제법 많은 시청자들이 좋아하는 것 같더군요. '나는 자연인이다'의 매력은 뭘까요. TV 등 매체가 너무 잘난 사람들만 조명하기 때문에 그 프로그램이 돋보인다는 게 내 생각입니다.

세상에는 훌륭하고 빛나는 사람들이많아요. 다양한 매체의 뉴스를 보면 그렇습니다. 최고 부자, 30대에 큰 사업을 일으킨 청년, 장관 등 고위관직에 오른 인물, 사장으로 승진한 사람, 수석 합격한 사람 등이 조명을 받아요. 사실 뉴스만 그런 게 아니죠. TV와 라디오와 잡지 등에 등장하는 이들은 대부분 성공하고 승리한 사람들입니다. 반면 경쟁에서 이기지 못한 사람들은 외면당합니다. 가난하거나 외롭거나 실패한 사람들의 사정을 따뜻하게 알리는 매체 프로그램은 찾기 힘들어요.

MBN의 '나는 자연인이다'가 인기 높은 건 그런 공백을 메우기 때문일 겁니다. 성공 못한 사람들에게 가까이 다가가는 게 이 프로그램만의 미덕입니다. 거기에 더해서 등장하는 사람도 매력이 있어요. 자연인들은 가진 것은 내세울 게 없지만 보통 사람은 없는 용기를 두 가지 갖고 있어요. 바로 자유의 용기와 무욕의 용기입니다.

먼저 자연인은 용기를 내서 자유를 선택합니다. 도시인들이 자유를 포기하는 것과 반대입니다. 도시인들은 자유 대신 편리함을 선택하죠. 도시에 살면 아주 편합니다. 먹을 것은 집 근처 마트에 쌓여 있고 난방과 온수는 간단히 해결되고 20층 집까지 계단을 오르지 않아도 됩니다. 이런 편리함이 큰 행복인 것 같지만 대가를 내놓아야 해요. 누군가의 부림을 당하면서 하기 싫은 일을 평생 해야 하는 겁니다. 사장님이나 부장님이 손가락만 까딱해도 뛰어가야 해요. 도시인은 부림을 당하며 편리를 얻습니다.

반면 자연인은 부림 당하기를 거부하고 불편을 택한 사람들입니다. 산속에 집을 짓는 일이 얼마나 힘들까요. 또 매일 땔감을 구하러 산에 오르고 물을 길어 밥을 짓는 일은 고될 겁니다. 도시에서는 난방 스위치를 켜고 수도꼭지만 틀면 되는 간단한 일인데 자연인에게는 큰일입니다. 그런데 그 불편함을 선택함으로써 자유를 얻을 수 있어요. 누가 시키는 일을 할 필요가 없는 것이죠. 자유의 대가를 당당히 지불하기로 결심한 자연인은 강철 같은 자존심을 가진 사람들입니다. 그래서 그들을 TV에서 보면 작은 감동을 줍니다. 부림을 당하며 살아가는 소심한 도시인들의 가슴을 미묘하게 떨리게 합니다.

자연인은 또 헛된 기대를 버리는 용기도 갖고 있어요. 도시인들은 막연한 기대를 품고 삽니다. 미래가 더 풍요롭고 더 안락할 것으로 기대하면서 지냅니다. 하기 싫은 일을 하며 회사에 붙어 있는 것도 버티면 미래가 더 나아질 것이라는 기대 때문입니다.

그런데 시간이 갈수록 행복은 실제로 늘어날까요? 오히려 상황이 더 나빠지는 경우가 적지 않습니다. 또 행복 수준이 거의 변하지 않는 사람이 많죠. 도시에서 성공하고 행복할 수 있다면 도시에 살면 됩니다. 그런데 도시에 희망이 없으면서도 도저히 떠날 엄두가 안 나는 게 많은 소시민의 마음입니다.

자연인은 다릅니다. 도시인의 막연한 기대와 결별하는 용기를 가졌습니다. 산속에 살면 내년이 더 나아질 것이 없습니다. 행복이 내년에 더 늘어날 것이라고 기대할 수 없습니다. 자연인은 나중에 더 나아지리라고 헛된 기대를 하는 대신 현재에

만족합니다.

자연인은 도시인과는 달리 자신에게 없는 걸 갈망하지 않아요. 자신이 갖고 있는 작은 집, 보잘것없는 식량, 장작 그리고 가족의 추억을 소중하게 여깁니다. 반면 자신이 소유하지 못한 부나 명예 따위는 포기합니다. 자연인은 대부분 언변은 좋지 않지만 몸으로 고매한 철학을 실천합니다. 자신에게 없는 것은 연연해하지 않고, 자신에게 있는 것을 소중히 여기라는 아우렐리우스의 철학을 능력껏 따릅니다.

나는 실직 상태입니다. 이런 저런 글을 쓰고 번역을 해서 돈을 벌지만, 안정적 직장인보다는 실직자에 훨씬 가깝습니다.

실직한 직후 '나는 자연인이다'에서 많은 위안과 영감을 얻었습니다. 걱정할 필요는 없어요. 당장 짐 싸들고 산에 들어가 혼자 살겠다는 말은 아니니까요. 대신 이 도시에 살면서도 자연인의 용기를 가지려고 합니다. 불편을 감수하는 용기를 배울 겁니다. 조금 가난하고 고되더라도 겁을 먹지 않겠습니다. 또 언제나 자존심을 지키며 꿋꿋하게 버티겠습니다. 그리고 헛된 기대를 과감히 버리는 용기도 갖겠습니다. 가령 친척 힘을 빌어서 의류 매장을 열면 편하게 살 거라는 철없는 기대의 노예가 되는 일은 없을 겁니다. 책 한두 권을 써서 큰 돈을 벌 수 있을 거라고 일확천금의 망상에 빠지지 않을 겁니다. 그리고 미

래에 큰 집을 얻고 큰 돈을 벌 거라며 근거도 없이 기대하지 않
겠습니다. 물론 노력을 게을리하고 무계획하게 산다는 뜻이 아
닙니다. 하루 하루 성실하고 행복하게 살아가겠습니다. 가슴에
뜨거운 용기를 품고 말입니다.

인생의 역설을 이해하니
편안했어요

내가 인생의 비밀을 조금 알아낸 것 같아요. 그걸 서진 씨와 나누고 싶어요. 논리가 좀 이상한 소리로 들릴지도 몰라 걱정이에요. 그래도 용기를 내서 말해 볼게요.

이 글은 직장을 잃고 20개월 정도 지나고 씁니다. 이제 나는 많이 편해졌어요. 서진 씨는 참 다행이라며 축하하겠지만 사실은 이상한 일입니다. 나를 괴롭히던 가난과 불확실이 개선되지 않았는데도 마음이 편해진 겁니다. 책 한 권이 베스트셀러에 올랐지만 큰돈을 번 것은 아닙니다. 여전히 미래가 불확실해요. 번역이나 글쓰기로 계속 연명할 수 있을지 아니면 딴 일을 급히 찾아야 할지 모르는 거죠. 변한 것은 나의 여건이 아니라 내 생각입니다.

몇가지 인생의 역설을 이해하게 되었습니다. 그 덕에 나는 정신이나 존재가 가벼워졌어요. 더더욱 가벼워지면 아마 나의 생명력도 강해질 것입니다. 솜털처럼 가벼운 존재는 벼랑에서 떨어져도 아무렇지 않을테니까요.

불행을 무시해야 이겨요

불행을 두려워할수록 더 불행해집니다. 내가 이해한 첫번째 인생의 역설입니다. 대단한 이야기가 아니어서 논리는 단순합니다. 불행해지면 어쩌나 걱정하는 나날은 불행합니다. 또 내일 불행할 것 같은 예감은 오늘의 집중력을 떨어뜨립니다. 불행에 대해서는 신경 쓰지 않는 게 훨씬 유익합니다. "내일 불행해지거나 말거나 난 모르겠다. 그냥 오늘 열심히 살거야"라고 다짐할 수 있다면 더 이상 좋을 수가 없어요. 초보 실직자 시절에는 매일 불행을 걱정했습니다. 불행을 밀어내려고 발버둥쳤죠. 그럴수록 불행의 예감은 더 강해졌습니다. 불행의 그림자는 더욱 커지고 짙어졌습니다. 무서워 죽을 것 같았습니다. 그런데 어느 날 의문이 생겼어요. 불행이 뭘까? 그게 뭔데 내가 이렇게 매일 걱정을 할까? 스스로에게 물었지만 대답을 구할 수 없었습니다.

　나는 불행이 무엇인지 잘 모르면서 불행을 두려워했던 것입니다. 물론 막연히 떠오르는 불행의 이미지가 나에게도 있었죠. 끼니를 굶거나 난방이 되지 않는 작은 방에서 겨울을 나야 하면 불행할 것입니다. 돈이 없어서 병원 치료를 못받아도 불행이죠. 그리고 아이 학비나 생활비를 지원 못하는 처지가 되면 불행한 마음이 들 것입니다.

그런데 그런 불행이 임박한 것은 아닙니다. 또 내가 그런 불행한 상황을 맞을 거라는 보장은 전혀 없어요. 나는 불확실한 상황을 상상하면서 혼자 벌벌 떨었던 것입니다. 그렇게 자각했더니 우습더군요. 무엇인지 모르고 또 안 올 수 있는 불행을 걱정하면서 사는 게 가장 불행한 것 같아요. 나의 불행 걱정은 정말 바보 같은 짓이었습니다.

불행은 무시해야 얌전해집니다. 내가 불행의 핵심으로 여기는 가난 문제도 마찬가지죠. 가난을 두려워하면 더욱 가난해집니다. 가난이 두려워 얼빠진 상태로 일을 해봐야 가난을 벗어나기 어렵겠죠. 가난은 두려워 말고 무시해야 유익합니다. 실패도 똑같습니다. 실패를 두려워하면 실패하게 되어 있습니다. 투수가 안타 맞을 걱정을 하면서 공을 던지면 안되겠죠. 안타를 안 맞겠다고 생각하면 더 맞습니다. 실패에 대한 두려움을 접는 사람이 성공합니다.

물론 경계심은 필요합니다. 긴장도 좋은 거죠. 불행과 가난과 실패 등을 염려해야 합니다. 하지만 두려워해서는 안 됩니다. 지나친 공포는 오히려 해롭습니다. 두려움이 나를 이끌게 둬서는 안 됩니다. 대신 용기에 이끌려 가야 합니다. 불행이 두려워서가 아니라 용기의 힘으로 삶을 살아가겠습니다.

행복은 고양이 같아요

나는 또 행복의 역설도 알게 되었습니다. 행복해지려고 할수록 행복이 멀어집니다. 행복을 쫓아 뛰어갈수록 행복은 달아납니다. 흔히 이야기하는 대로 행복은 고양이고 나비이기 때문입니다.

잡으려고 하면 고양이는 달아나죠. 쫓아다니는 동안에는 고양이를 꼭 끌어안는 행복을 느끼기 어렵습니다. 그런데 관심을 끊고 딴 일에 집중하고 있으면 고양이가 내 발에 몸을 비빕니다. 무릎 위로 폴짝 뛰어오를 수도 있어요. 이제 고양이를 껴안을 기회가 생깁니다. 행복이 우리를 찾아오는 겁니다.

행복은 또 나비 같다고 말합니다. 손만 뻗으면 잡을 수 있을 것 같지만 쉽지 않아요. 지쳐서 포기하고 책을 읽고 있으면 나비는 어느새 어깨 위에 내려앉아 있습니다.

행복과 불행은 성격이 반대입니다. 불행하면 어쩌나 두려워하는 사람에게는 불행이 스르륵 찾아 갑니다. 행복은 그 반대죠. 행복하려는 사람에게서 달아납니다.

행복은 오직 무관심할 때만 찾아옵니다. 즐거운 대화에 집중한 후에 행복을 느끼게 됩니다. 행복하기 위해서 대화를 한 게아닌데, 행복감이 찾아오는 것입니다. 또 조용히 앉아 책 한 권을 읽거나 누군가를 돕고 나서도 행복감을 느낄 수 있습니다. 행복을 목표로 책을 읽거나 남을 도운 게 아닙니다. 신경도 쓰지 않고 딴 일을 하면 행복감이 스스로 찾아오는 것입니다.

나는 행복하려고 죽도록 노력하지 않습니다. 행복 따위에 관심이 없습니다. 마음을 비울 때 가끔 행복이 찾아와줍니다. 잠깐 놀아주는 예쁜 고양이나 나비처럼 말입니다. 안오면 또 어쩔 수 없고요. 행복을 무시해버리니 조바심을 줄일 수 있었습니다. 나는 우리 가족을 행복하게 만들 뭔가를 빨리 이뤄야 한다는 강박에서 놓여났습니다.

가만히 앉아서 인생을 바꿀 수 있어요

또 다른 생각도 하게 되었어요. 인생과 싸우면 내가 패배하게 됩니다. 패배주의 냄새가 짙은 말인 거 압니다. 그래도 맞는 말인 것 같아요.

인생은 흔히 지배의 대상이 됩니다. 인생을 이기고 뜯어고치겠다고 호랑이 사냥하듯 덤벼드는 사람들이 많아요. 나도 오랫동안 그랬습니다. 하지만 우리는 인생과 싸워 이길 수가 없어요. 왜냐하면 인생은 우리 바깥에 있지 않기 때문입니다. 날뛰는 호랑이가 아닙니다. 인생은 심장처럼 내 속에 들어 있어요. 그래서 인생과 싸운다는 건 나를 때리는 일이 됩니다.

인생의 10%는 내게 일어나는 일이고 90%는 내 반응이라는 말이 있습니다. 미국의 성직자 찰스 R. 스윈돌의 유명한 말입니다. 나도 대체로 동의하게 되었습니다.

내가 실직을 했다고 쳐요. 실직은 내 인생의 중요한 일입니다. 그런데 더 중요한 것은 나의 반응입니다. 실직 때문에 절망해서 삶을 포기할 수도 있고 아니면 그나마 가진 것을 긍정하며 새 삶을 시작할 수도 있죠. 실직 자체가 삶의 포기냐 새 삶이냐를 결정하는 게 아닙니다. 내 생각이 내 삶의 향배를 결정하는 것이죠. 실직이 10%이고 내 반응은 90%라면, 내게 닥치는 사건보다 내 태도가 9배나 중요한 것이 되는 겁니다.

바꿔 말해 볼게요. 내가 먹는 마음이 내 인생입니다. 인생에서 일과 사건 사고는 아주 작은 부분이에요. 그런 일들은 대부분 내가 어쩔 수 없어요. 내가 통제할 수 있는 건 내 마음이죠.

회사가 날 자른다는데 내가 그 결정을 바꿀 수 없죠. 친구들이 나를 멸시하거나 싫어한다고 해도 그걸 내가 어떻게 할 도리가 없어요. 모두 내 인생의 중요한 사건들입니다. 그러나 그보다 더 중요한 것은 내 마음입니다. 어떻게 생각할 것인가. 어떻게 반응할 것인가. 나의 마음이 내 인생을 결정합니다. 내가 먹는 마음이 내 인생입니다.

그렇다면 아주 좋아요. 우리는 방구석에 앉아서 우리 인생을 바꿀 수 있습니다. 삶에 대한 반응을 바꾸면 인생이 바뀝니다. 삶의 태도를 바꾸면 삶이 크게 변화합니다. 인생을 바꾸려고 무서운 호랑이와 싸우듯 할 필요가 없어요. 거대한 암벽 정복하듯이 목숨을 걸어야 하는 것도 아니에요. 내 마음을 보살피고 바꾸면 인생이 바뀝니다.

결국 인생의 사건들을 긍정적으로 받아들이자는 말이 됩니다. 아주 보수적인 인생관이라는 거 압니다. 그런데 이런 생각이 나를 편안하게 했습니다. 나의 불안을 없애고 고통을 줄였습니다. 나에게는 둘도 없는 명약이니 거부하기 어려웠습니다.

서진 씨. 나는 고통을 받고 싶지 않습니다. 불행을 걱정하지 않을 겁니다. 행복에 목매지도 않을 것이고요. 그리고 나에게 일어나는 나쁜 일들을 무작정 긍정적으로 해석해버리겠습니다. 나는 속 편한 삶을 꿈꾸는 것입니다. 그런 삶이 결국 어떤 곳에 다다르게 될지는 몰라요. 아주 불행할 수도 있고 아니면 그럭저럭 견딜만할 수도 있겠죠. 아무튼 편안하게 마음을 다스리면서 살겠습니다. 그렇게 많이 노력할 것입니다.

물론 속세를 떠난 수도승처럼 살 수만은 없겠죠. 투쟁심을 남김없이 버릴 수도 없는 노릇입니다. 이 끔찍한 세상에서 살아남으려면 강한 투쟁 의지도 반드시 필요하니까요. 균형점을 찾아볼게요. 행불행에 집착함 없이 투쟁하는 게 가능할 것 같아요. 두려움에 쫓기지 않으면서도 절박하게 살기도 불가능하지 않을 겁니다. 제가 그 길을 모색하고 찾아내겠어요. 목격자가 되어주세요.

행복의 수명을 늘리는
방법이 있습니다

서진 씨. 그날 아침 나는 속으로 당황했습니다. 그 많은 것을 정말 내가 샀다는 건가요? 나는 대체 왜 그랬을까요. 식탁 위에는 종류도 다양한 초콜릿이 열봉지 정도가 쌓여 있었습니다. 과자와 사탕도 보였습니다. 가장 작은 크기의 위스키와 견과류도 있었고 냉장고에는 한우 등심이 들어 있었습니다. 내가 집 앞 슈퍼마켓에서 20만원에 육박하는 거금을 주고 구입한 것들입니다.

원래 나는 마트에서 조금이라도 싼 것을 사려고 기를 씁니다. 서진 씨 생각보다 더 치밀하게 머리를 굴려요. 맥주도 맥아 비율이 10% 미만이어서 싼 종류를 고릅니다. 비엔나 소시지를 살 때도 꼭 무게와 가격을 대비 분석하죠. 돼지고기나 쇠고기는 당연히 수입산이고 과자도 가성비가 높은 걸 찾으려 애쓰죠. 목표는 단순해요. 지출을 줄이는 것이죠. 나에게는 돈을 쓰는 게 나쁜 일인 것 같아요.

그런데 그날은 친구들과 헤어지고 귀가하다가 슈퍼에서 거금을 쓰고 말았습니다. 속이 무척 쓰렸지만 그래도 보람이 있어 다행이었습니다. 서진 씨가 고맙다고 해줬어요.

"맛있는 초콜릿 잘 먹을게요. 고마워요."

"예. 서진 씨가 기뻐하니 나도 기쁜데요."

"무슨 좋은 일이 있었나요?"

대답하기 어려운 질문이었습니다. 왜 그랬는지 나도 기억 나지 않으니까요.

"그건 아니고요."

"그럼 술에 많이 취했었나요?"

들킨 기분이어서 등골이 서늘했지만 부정했어요.

"아뇨. 전혀. 난 멀쩡했어요. 그냥 맛있는 거 사주고 싶었던 거예요."

"호호, 고마워요."

나는 거짓말을 했습니다. 정신이 전혀 멀쩡하지 않았습니다. 기억이 가물가물했습니다. 다만 내가 행복하게 바구니에 물건들을 담았고 기분좋게 신용카드를 내밀었던 건 분명합니다.

아마 티가 많이 났을 텐데 서진 씨는 내가 취했던 걸 모른

척했던 걸까요. 그랬을 가능성도 충분한 것 같네요. "왜 그렇게 쓸데 없이 돈을 썼나요?"라고 몰아붙이지 않고 도리어 고맙다고 말해준 서진 씨는 역시 감사한 아내 님이십니다. 고맙습니다.

그건 그렇다 하고 아무튼 나는 궁금했습니다. 나는 불합리한 벼락 쇼핑을 저질렀습니다. 도대체 왜 그런 짓을 했을까요?

친구들과의 대화가 원인이었는지도 모릅니다. 한 친구는 아내에게 맛있는 음식을 사주고 옷도 선물했다면서 자랑을 했습니다. 물어보지도 않았는데 자발적으로 그 이야기를 꺼내더군요. 웃는 얼굴로 듣고 가볍게 넘겼습니다. 그런데 머릿속에는 강한 잔상이 남아 있었던 모양입니다. 집앞 마트를 지나다가 나도 가족에게 선물을 해야겠다고 결심했던 것은 아닐까요. 그래서 마트에서 거금을 들여 구입한 물건들을 쓰레기 종량제 봉투에 담아 들고 개선장군처럼 당당히 귀가했다고 추론할 수 있을 거예요.

그러니까 그날의 취중 쇼핑은 대단히 정서적인 행위던 겁니다. 나는 서진 씨를 감동시키고 싶었습니다. 활짝 웃는 얼굴을 갈망하면서 쇼핑했던 거죠. 뒤집어 말하면 나는 나의 가치를 자랑하고 싶었던 거예요. 쓰레기 봉투를 손에 쥔 나는 여전히 양식을 구해올 능력이 있다고 시위를 했던 겁니다.

그런데 친구의 자극이 원인이 아닐 수도 있습니다. 나 자신에게 원인이 있었던 것도 같아요. 내가 억눌러온 내 마음이 압력을 견디지 못하고 터진 것이죠.

나는 위스키를 좋아하지만 구입하지 않고 참아요. 서진 씨가 초콜릿을 좋아하지만 참는 것과 비슷하죠. 또 잔인할 정도로 비싼 국산 쇠고기도 당연히 쇼핑 기피 품목입니다. 이유는 단순합니다. 돈이 아깝기 때문입니다. 그렇게 억제하면 가슴에 압력이 쌓일텐데 알코올 때문에 자기 통제력을 잃은 틈을 타서 억눌린 소비 욕망이 폭발했던 건지도 모릅니다.

청소년 사이에 '탕진잼'이라는 말이 유행했었죠. 돈을 탕진하면서 재미를 느낀다는 뜻입니다. 그런데 뭐 대단히 비싼 것을 사지도 않습니다. 지칠 때까지 인형 뽑기를 하거나 아이돌 앨범이나 굿즈를 구입하고 저렴한 옷가지와 먹을 것에 돈을 쓰면서 행복해하는 겁니다. 나도 그날 마트에서 아까운 돈을 탕진하면서 쾌감을 느꼈던 것입니다. 평소 소비를 꾹꾹 참던 나는 한번에 돈을 쓰면서 해방감을 느꼈을 겁니다. 후회되지만 보석처럼 치명적으로 비싼 물건을 충동 구매한 것도 아니고, 초콜릿과 한우 덕분에 우리 가족이 행복했으니 땅을 칠 일은 아닌 것 같습니다.

서진 씨. 실직한 후 나는 돈을 더욱 사랑하게 되었습니다. 달아오른 나의 돈 사랑은 두 가지로 표현됩니다. 먼저 사랑하는 돈을 남에게 주지 않으려고 무척 애씁니다. 소비를 최대한 억제하는 것이죠. 돈을 사랑하는 두 번째 방법은 '만끽'입니다. 피치 못하고 물건을 살 때 소비의 즐거움이 전보다 훨씬 커졌습니다. 예전에는 떡볶이나 튀김이 내 취향이 아니었는데 이제는 먹을 때마다 그 좋은 맛에 집중합니다. 또 흰색 면티나 양말 등 아무것도 아닌 걸 구입하면서 왜 그렇게 기분 좋은지 모르겠어요. 나는 가난해진 후에 소비의 쾌감에 더욱 민감해진 것입니다.

돈을 많이 쓰면서 살면 좋을 겁니다. 고급차를 장난감처럼 사고 위치 좋은 신축 아파트를 부담없이 구입하면 행복하겠죠. 또 한우를 매일 사 먹으면 복받은 겁니다. 그런데 돈이 좀 적더라도 소비의 행복을 포기할 이유가 없어요. 작은 중고차를 사면 되고 수입 소고기를 먹으면 되겠죠. 소박한 소비를 통해 기쁨을 만끽할 수 있다면 그것이 행복이라고 나는 생각합니다. 물론 감정적인 탕진잼은 곤란해요. 울분을 폭발시키듯이 돈을 쓰지 말고 이성적인 소비를 할게요.

돈을 아끼는 것은 대단히 중요합니다. 행복의 수명을 늘려주기 때문입니다. 내가 솔깃한 공식을 하나 찾아냈어요. 미국 투자 상담가 알랜 S. 로스 Allan S. Roth가 〈포브스〉에 쓴 글에서 봤습니다. 겁먹지 마세요. 싱거울 정도로 쉬우니까요.

부유한 햇수 = 순자산 / 1년 지출액
(Wealth in years = net worth in dollars / annual expenditures)

우리 돈으로 몇년 동안 넉넉하게 지낼 수 있을까요. 간단해요. '순자산' 나누기 '1년 지출액'을 하면 답이 나옵니다.

빚을 뺀 순자산이 20억원이라고 해보죠. 그리고 1년 지출이 5억원입니다. 마음껏 먹고 사는 집안이네요. 몇년 동안 부유하게 살 수 있나요. 4년입니다.

빚을 뺀 순자산이 2억이라고 해보죠. 이 가족의 1년 지출은 2천만원입니다. 근검절약하는 사람들입니다. 그들이 부유하게 살 수 있는 햇수는 10년입니다.

너무나 단순합니다. 돈을 많이 쓰면 금방 가난해집니다. 돈이 적더라도 지출을 최소화하면 넉넉한 시간을 길게 누릴 수 있는 거고요.

오랫동안 부를 누리려면 두 가지를 하면 됩니다. 돈을 많이 벌거나 절약을 해야 하는 겁니다. 물론 둘 다 하면 더 좋습니다. 많이 벌고 아껴쓰면 더 이상 좋을 수 없죠. 아무튼 어떤 경우에도 절약은 기본입니다. 많이 벌건 적게 벌건 절약을 해야 돈을 오래 쓸 수 있어요. 그러면 우리의 행복 수명도 따라서 늘어날 것이고요.

내가 먼저 아낄게요. 탕진잼 같은 짓을 하면서 화풀이하듯 돈을 쓰지는 않겠습니다. 그리고 소비의 쾌감을 더욱 민감하게 느끼겠어요. 만끽을 하는 거죠. 작은 것을 사도 큰 행복을 느끼도록 할거예요. 궁상맞다고 비웃을 사람들도 없지 않을 겁니다. 그런데 재산이 좀 있는 그 사람들의 삶도 다들 검소합니다. 명품 쪼가리 몇 개 걸치고 잘난 체해봐야 만수르나 빌 게이츠가 보면 거지 극빈자인 겁니다.

사실은 세상 최고 갑부도 마찬가지 운명입니다. 자기 돈을 아껴 써야 합니다. 순자산과 지출의 균형을 이뤄야 오래 버틸 수 있습니다. 우리도 재산 규모에 맞게 합리적으로 소비하면서 살면 됩니다. 갑부나 소시민이나 모든 사람의 운명이죠. 또 아껴쓰며 저축하는 게 재미도 있을 거고요. 나는 행복한 구두쇠가 되고야 말겠습니다.

행운 따위 없어도
행복하게 살 수 있어요

서진 씨. 나는 겁쟁이입니다. 근데 겁만 많은 게 아니라 욕심도 넘쳐요. 줄여서 나는 '쫄보 욕심쟁이'입니다. 근거도 없는 자기비하라고요? 아뇨. 판단 근거가 명확해요. 아파트를 사지 않은 걸 보면 알 수 있어요.

우리는 아파트를 단 한 번도 사지 않았습니다. 2017년을 전후해서 아파트 가격이 급등했죠. 특히 우리가 살고 있는 수도권의 아파트 가격은 미친 듯이 올랐는데 때마침 나는 실직했습니다. 아파트 가격은 올랐고 돈벌이는 줄었으니까 우리 가족이 아파트를 구입할 가능성은 낮아진 겁니다.

서진 씨는 10여 년 전부터 아파트를 구입하자고 했습니다. 대출을 받아서라도 아파트를 사면 이익이라는 게 동네 엄마들을 포함한 세상 사람의 중론이라고 말했지만 내 반응은 코웃음이었죠.

왜 나는 왜 아파트 구입에 반대했을까요. 부동산으로 불로소득 얻을 생각을 말자고 고고한 척했지만 다른 속셈도 있었어요.

우선 믿는 구석도 있었습니다. 아파트 가격은 절대 오르지 않는다고 주장한 몇몇 경제 전문가들을 철석같이 신뢰했던 겁니다. 여기서 그분들의 이름을 거론하지는 않겠어요. 바보처럼 맹신했던 내 모습도 함께 떠올라서 무척 싫어요.

전혀 발설하지 않은 은밀한 이유도 있어요. 아파트 구입을 반대했던 진짜 이유는 나의 무서움증입니다. 겁이 났어요. 아파트를 샀다가 나중에 떨어질까 떨었던 거죠. 나는 겁쟁이였던 겁니다. 또 아파트 가격이 바닥까지 떨어지면 최저가로 구입하기로 했었죠. 나는 욕심이 많은 겁니다. 그것 보세요, '쫄보 욕심쟁이'가 맞잖아요. 나는 겁많은 탐욕꾼입니다.

두려움과 탐욕을 몰래 품고 산 대가는 큽니다. 남몰래 후회하고 자책해야 했어요. 겉으로는 튼튼하죠. "괜찮아요", "다음에 기회가 또 있을 거예요"라면서 서진 씨를 안심시키지만 혼자 있을 때는 가슴을 쾅쾅 칩니다. 가격이 높이 솟아 버린 아파트 단지를 보면서 한숨을 토하며 고개를 떨군게 한두 번이 아닙니다.

직장을 잃은 후에는 회한이 더 커졌습니다. 몇 년 전에 아파트를 샀다면 실직의 고통이 줄었을 거라고 생각하면서 머리카

락을 쥐어뜯었어요. 아파트를 샀어야 해요. 서울 강남 아파트까지는 바라지도 않습니다. 다른 곳도 오른 데가 많아요. 가령 경기도 한 도시의 GTX 역사 예정지에 가까운 한 아파트도 훌륭합니다. 부동산 사이트에서 정보를 보니 가격 폭등을 실감할 수 있겠더군요. 59평 아파트인데 2019년 8월 현재 가격이 7억 원이 넘습니다. 그런데 3년 전 가격은 4억 원 남짓이었습니다. 3년 전 그 아파트를 샀다면 무려 3억 원이나 이득을 취하게 되는 것입니다. 별 고생도 않고 가만히 앉아서 1년에 1억 원을 벌었을 겁니다.

그 아파트를 샀다면 직장을 잃고도 노후 걱정이 크게 줄었을 겁니다. 상상의 나래를 펼쳐봅니다. 3억 원이면 10년 동안 매년 3천만 원을 쓸 수 있는 돈입니다. 한달 250만원입니다. 우리는 절약하는 편이니까 기본 생활비는 충분히 될 수 있는 돈입니다. 틈틈이 내가 돈을 번다면 10년 넘게 편안하게 보낼 수 있을 겁니다. 생활비 걱정이 크게 줄었을 겁니다. 어쩌면 내가 죽고 싶다는 생각을 하지 않았을 수도 있고 정신과 약을 먹을 일도 없었을 겁니다.

나는 왜 그런 황금 같은 아파트를 미리 알아보고 구입하지 않았을까요. 나는 절호의 기회를 날려 버린 바보 멍청이입니다. 흡사 나의 생돈 3억원을 날려버린 것 같은 기분이어서 생각할수록 괴로워죠. 나는 주머니에서 다이아몬드를 꺼내 강물에 던진 백치와 다름 없습니다.

마음이 고통에 휩싸였어요. 자연히 일이 손에 잡히지 않습니다. 밥맛도 없었어요. 혼자 후회를 품고 있다가 못 견뎌서 고백할 수밖에 없었죠.

"서진 씨. 나는 바보인 것 같아요." 나는 슬픈 눈으로 말했어요.

"왜요? 무슨 일인데요?" 서진 씨가 동그란 눈으로 물었죠.

"아파트를 샀어야 하는데 내가 극구 반대했잖아요." 절로 고개를 숙이게 되더군요.

"난 또 뭐라고. 당신 말대로 기회가 또 오겠죠."

"휴~ 그러면 좋겠지만 이미 늦은 것 같아요."

서진 씨가 빙그레 웃으며 정리했어요. "늦었다면 어쩔 수 없고요. 외진 곳으로 가서 살면 되지 않나요? 다행히 당신은 직장도 없잖아요, ㅎㅎㅎ."

미세하게 놀림당한 것 같지만 기분이 좋아졌습니다. 고마워요. 나의 멍청한 결정을 비난하지 않는 서진 씨는 너그럽고 따뜻한 사람이에요.

혼자서도 생각해봤습니다. 마음이 괴로울 때는 이성적 사고가 도움이 되더군요. 먼저 경기 사이클에 따라 아파트 가격이 오르고 내린다는 건 사실입니다. 황금 덩어리가 같은 아파트 가격도 내려갈 수도 있습니다. 몇년 전에 아파트를 샀다면 얻었을 몇억 원의 불로소득은 사라질 수도 있어요.

그리고 설사 아파트 가격이 하락하지 않더라도 기억해야 할 사실이 있습니다. 모든 아파트가 오르지 않다는 겁니다. 우리가 한참 주목했던 수도권 도시의 경우 GTX 역사 예정지에 인접하면 몰라도 좀 떨어진 아파트들은 가격 폭등을 몰라요. 1.5km 정도 떨어진 곳의 중형 아파트는 3년 전 가격과 거의 같습니다. 또 3km 거리의 중형 아파트는 3년전보다 조금 낮습니다. 같은 거리의 52평 아파트는 3년전보다 오히려 3천만원 떨어졌습니다.

많은 아파트의 가격이 올랐습니다. 자리가 좋은 아파트를 샀다면 몇 억원 이익을 봤을 겁니다. 그러나 반대 사례도 많습니다. 가격이 제자리인 아파트가 있고 하락한 곳도 있죠. 그런 아파트를 구입한 사람들은 다 바보이며 멍청이일까요? 그렇지 않을 겁니다. 운이 나빴다고 할 수 있을 겁니다.

나는 무엇일까요. 나는 투자 또는 투기의 시대가 낳은 탐욕적 인간입니다. 나는 이기적이고 탐욕스러워요. 행운을 독점하고 싶어해요. 남들이 부자가 되어서는 안 됩니다. 돈벼락이 내 정수리에만 꽂히길 기도해요. 또한 나는 자산 가치 급등의 시대가 낳은 우울증 환자입니다. 그 귀한 행운을 바보처럼 놓쳤다고 슬퍼하고 자학합니다.

생각해보면 운이 좀 나빠도 살 수 있어요. 행운을 누리는 소수만 생존한다면 세상의 인구는 10%로 줄어야 해요. 다수는 행운에 의존하지 않고 잘들 살아갑니다. 내 아파트가 수 억원씩 폭등하지 않아도 죽지 않아요. 실직이 나를 곤란에 빠뜨리는 것 같은 불운이 가끔 찾아와도 행복이 싹다 뿌리 뽑히는 건 아닙니다. 사막에도 생명체가 살아갑니다. 불운을 거뜬히 견뎌내고 하하 웃을 힘이 사람에게 있습니다.

또 어찌보면 행운이 없이 잘 사는 사람들이 더 멋있지 않나요? 자립적인 정신을 가진 것이니까요. 나에게 물었습니다. 행운에 종속되어 살고 싶은지 아니면 행운 따위는 우습게 생각하며 자립적인 삶을 살 것인지 자문했어요. 행운이 없으면 망가지는 취약한 인생을 살고 싶지는 않아요. 행운 따위가 없어도 단단하게 살고 싶어요.

누구나 그렇겠지만 우리 가족도 좋은 기회를 놓치면서 살았습니다. 내가 서른일곱 살 때 받았던 입사 제안을 수용했다면 어땠을까요. 그 회사는 지금 많이 성장했으니 나에게도 좋은 기회였을 겁니다. 그렇지만 나는 거절했습니다. 내가 하고 싶은 일이 아니라고 생각했기 때문입니다. 또 서진 씨는 나말고 집이 부자인 과친구와 결혼할 수도 있었어요.

좋은 기회를 놓쳤다는 건 아쉽고 안타까워요. 그런데 어떤 기회를 놓쳐 삶이 무너졌다고 단정하면 틀립니다. 우리는 삶의 인과관계에 무지합니다. 기회와 행복의 연쇄 규칙에 대해서 알지 못합니다. 가령 하나의 기회를 놓친 덕분에 더 큰 불행을 피했는지도 모릅니다. 영화 같은 예를 들어서 내가 비행기를 놓쳤기 때문에 그 비행기가 추락하지 않았다면 어떨까요. 현실적인 시나리오도 가능해요. 내가 회사를 옮겼다면 10년 전에 쫓겨나 더 일찍 실직자가 되었을 수도 있어요. 다른 사람과 결혼했다면 서진 씨가 불행하게 이혼했을 가능성도 없지 않아요.

"그때 그 기회를 잡았어야 하는데…"라고 가슴을 쳐도 뭐랄 사람은 없어요. 그런데 대가가 있어요. 나를 미워하게 되죠. 또 자책하는 동안 지금의 행복을 잃게 돼요. 내 코 앞에 있는 아름다움도 보이지 않게 됩니다. 가령 예쁜 서진 씨의 얼굴, 여전히 귀여운 아이의 미소, 윤기가 촬촬 흐르는 쌀밥의 자태 등이 시야에서 사라져요. 기회를 놓친 걸 후회하지 않는 게 훨씬 멋있고 현명해요. 나를 떠난 행운은 무시하고 나를 찾아온 행운만 느끼면서 살겠습니다.

흔들리지 않는 마음으로
시련을 이겨내겠습니다

서진 씨. '어려움을 극복하면 성숙해진다'라는 말이 맞나요. 틀린 말은 아니지만 조금 이상해요. 앞 뒤가 뒤바뀐 것 같습니다. 내 생각에는 '성숙해지지 않으면 어려움을 극복할 수 없다'가 더 맞습니다.

배가 난파했다고 가정해봐요. 1km를 헤엄쳐 온 사람들이 생존했습니다. 그들은 난파 덕분에 수영을 배운 게 아니라 수영을 할 수 있었기 때문에 산 겁니다. 우리가 심각한 삶의 고난을 겪는다면 그 고난이 우리를 해치기 전에 탈출법을 배워야 합니다. 아니면 고난의 바다에서 익사하거나 영원히 실종자가 될 것입니다.

고통에서 탈출하기 위해서는 절대 필요한 게 있습니다. 평화로운 마음입니다. 평정심도 되겠고 흔들리지 않는 마음도 되겠죠. 마음을 잔잔하게 유지해야 고난에서 탈출할 방법이 보이고 감행할 용기가 생겨납니다. 마음이 흔들리면 분별력과 용맹함은 싹도 틔우지 못할 겁니다.

난 예전부터 평화로운 마음을 선망했지만 실직 후에 더 절실했습니다. 삶이 불안정해졌기 때문에 마음의 안정을 더 갈구하게 된 것이죠. 전쟁이 터지면 평화가 더 절실해지는 것과 같을 겁니다. 마음이 어지러울수록 고통은 더욱 커졌습니다. 심란할수록 나는 더욱 약해졌습니다. 어수선한 마음을 가라앉혀야 현명하고 강해졌습니다.

서진 씨도 한번 시도해 보시라고 추천합니다. 내가 남몰래 갈고 닦은 '마음을 평화롭게 만드는 기술'입니다.

가장 중요한 것은 자기에게 질문을 하는 겁니다. 키워드는 욕심과 불안입니다. 우리의 마음은 주로 욕심과 불안 때문에 흔들립니다. 나는 자주 나에게 물어요. '내가 지금 욕심을 부리고 있나?'라고 말이죠. 내가 가질 자격이 없는 것에 탐욕을 부리면 마음이 어지럽습니다. 또 '내가 불안할 이유가 있나?'라고도 자문합니다. 있지도 않은 걸 걱정하면 평정심은 무너집니다. 헛된 욕심과 근거없는 불안을 지워버리면 마음이 한결 안정됩니다.

나는 스마트폰을 두고 외출하려고 노력합니다. 먼 곳으로 나

갈 때는 아무래도 어렵지만 가까운 마트나 산책을 간다면 가능합니다. 전화기를 갖고 산책을 하면 반복해서 시계를 보게 되더군요. 시간의 노예가 되었다는 증거일 겁니다. 스마트폰을 놓지 못하는 건 관계에 종속되었다는 증거이기도 합니다. 인간관계의 노예가 되었다는 뜻이죠. 타인의 말이나 반응에 목을 매고 있는 겁니다. 단 10분이라도 스마트폰과 헤어지면 나 혼자 있을 수 있습니다. 마음이 바람없는 날 호수처럼 잔잔해집니다.

마음의 평화를 얻는 나의 세 번째 방법은 눈감기입니다. 가성비가 아주 높아요. 가령 1분만 눈을 감는 겁니다. 금방 마음이 안정됩니다. 시각 정보가 더 이상 뇌에 전달되지 않기 때문이겠죠.

눈을 감으면 고독해집니다. 나만의 시간이 시작되는 거예요. 명상 훈련을 많이 한 사람들은 눈을 감으면 새로운 우주가 열린다고 하던데 나는 아직 평온과 고요만으로 만족해야겠습니다.

호흡도 가성비가 좋은 방법이라고 하죠. 천천히 호흡을 합니다. 최대한 게으르게 느릿느릿 숨을 쉬는 겁니다. 깊이 들이쉬고 서서히 내뱉는 거예요. 단 몇 번만 반복해도 마음에 평화가 찾아옵니다. 참 신기합니다. 마음의 안정을 이렇게 쉽게 얻을 수 있다니 의아할 정도입니다. 평소 우리는 너무 가쁘게 숨을 쉬면서 살아갑니다. 스트레스와 걱정이 많은 것입니다. 느린 호흡이 좋은 치료제가 되는 것 같습니다.

마음이 어지러울 때는 글읽기도 도움이 됩니다. 언론 기사나 인터넷 커뮤니티의 글은 아닙니다. 대개 내용이나 문투가 자극적이기 때문에 오히려 해롭습니다. 문학 작품의 한 대목을 천천히 읽으면 호흡이 느려지고 마음도 차분해집니다.

명언을 읽는 것도 도움이 많이 되더군요. 최근에 감동받은 몇 가지를 소개해볼게요.

"다른 사람을 바꾸지 않기로 하면 마음의 평화가 찾아온다 (미국 작가 제럴드 잼폴스키)."

다른 사람의 마음을 바꾸려는 욕심은 헛됩니다. 대부분의 경우 남의 마음을 바꿀 수가 없거든요. 나를 좋아하게 만들거나, 더욱 성실한 마음으로 바꾸거나, 내 생각과 동의하도록 설득하는 것은 불가능할 때가 많습니다. 남의 마음을 바꾸겠다고 작심하고 덤비는 사람의 마음은 어지럽습니다. 평화를 잃고 요동치게 되는 것이죠. 나는 남의 마음을 바꾸려는 헛되고도 독재적인 바람을 버리려고 노력할 겁니다.

"마음의 평화와 정신의 건강을 가치있게 여겨야 최고의 삶을 살 수 있다(마르쿠스 아우렐리우스)."

돈, 지위, 명예를 지향하면 최고의 삶이 될 수 없다는 이야기입니다. 대신에 마음의 평화와 정신적 건강을 가장 가치 있는 것으로 여기는 게 옳다고 지적하는 글귀입니다. 삶의 우선 가치를 어디에 두느냐에 따라 인생이 달라진다는 건 분명한 사실일 겁니다.

"사람이 불안해지는 건 어떤 일 때문이 아니라 그 일을 보는 관점 때문이다(에픽테토스)."

성숙한 관점을 가지면 불안이 줄어듭니다. 시험 불합격은 객관적 사건이지만 어떤 관점으로 보느냐에 따라 내 마음이 크게 달라지죠. 불합격이 나의 무능을 증명한다고 믿어버리면 나는 극도로 불행하고 불안해지지만, 한두번의 불합격은 으레 있는 통과의례라고 관점을 바꿔보면 불안해지지 않습니다. 관점이 나의 행불행을 결정합니다. 누구나 알지만 실천하기는 어려운 가르침입니다.

성숙한 마음을 가져야 공부도 잘하고 연애에 능하게 되며 실직의 혼란도 잘 극복할 수 있을 겁니다. 나도 흔들리지 않는 차분한 마음을 가졌으면 좋겠습니다. 작은 충격에도 자주 흔들리는 나는 고통과 불안이 없는 삶을 간절히 원하고 있습니다.

4부

꿈, 설렘, 행복한 실직 남편

오만했던 내 눈에 투명인간이
보이기 시작했어요

서진 씨. 오늘은 텔레마케터와 택배 기사에 대한 이야기입니다. 끝에는 남이 아니라 나에게 대한 이야기가 될 겁니다. 알량한 경제적 지위를 믿고 까불었던 나의 오만을 돌아보게 되었습니다.

1588로 시작되는 번호로 한 여성이 전화를 걸어왔습니다. 어느 카드 상담원인데 자기 회사 카드를 이용해서 국민 연금 등 4대 보험을 납부하면 첫달은 몇천원을 깎아주고 다음달부터 카드 실적이 늘어나게 된다는 것이었습니다. 회사가 거의 망해가는 시점이어서 내 몫의 납부 금액이 몇 만원으로 줄어든 상태이고 또 그마저도 곧 납부를 중단해야 한다고 말하고 싶었지만 무슨 소용인가 싶어서 그냥 "안 하겠습니다. 죄송합니다"라고만 했어요.

그런데 거부 의사를 들은 상대는 내가 처음 경험하는 반응을 보였습니다. 2초 정도 말을 멈추는 것입니다. 보통은 지체 없이 "그런데 고객님~"이라고 말하는데 그 여성은 달랐습니다. 게다가 낮은 한숨 소리도 들렸어요. "휴~" 소리를 분명히 나는 들었습니다. 내가 카드 발급이 싫다고 하자 그 텔레마케터는 잠깐 절망했던 것입니다. 그동안 텔레마케터와 수도 없이 많은 통화를 했지만 이런 경우는 처음이었습니다. 당황한 내게 텔레마케터는 이렇게 말했습니다.

"추가로 하실 일도 없고 약정 기간도 없으니 해보시면 어떨까요?"

텔레마케터는 캐물었어요. 나는 기어들어가는 목소리로 답했죠.

"죄송해요."

그분은 이번에도 잠깐 침묵하고 조용히 한숨을 쉬었어요.

"그럼 도시가스비나 아파트 관리비를 저희 카드로 납부하셔도 혜택이 있습니다."

나는 죄를 더 짓는 느낌이어서 진심으로 죄송했어요.

"죄송해요. 아내가 알아서 하고 있습니다."

"할인도 받으실 수 있고 불편하신 것도 없는데요."

"죄송합니다."

대화가 더 오간 후 나와 그 사람은 서로 "감사합니다"라고 말한 후 전화를 끊었어요. 끊고 휴대폰을 보니 대화 시간이 2분 25초더군요. 서로 알지도 못하는데다가 의사도 전혀 맞지 않는 두 사람치고는 긴 대화를 나눈 겁니다.

내가 단호하지 않아 희망 고문을 했는지도 모르지만 단칼 거절은 싫었어요. "지금 바쁘니까 끊을게요" 하고 통화 종료 버튼을 누르면 무례할 것 같아서 싫었던 겁니다.

사실은 예의 문제말고도 더 있었어요. 동류의식 같은 거였 어요. 내가 가난해진 후로는 가난한 직업에 종사하는 분들에게 친절하고 싶었습니다. 비슷한 처지인 것 같아서 텔레마케터 분에게 매몰찰 수 없었던 거죠. 그리고 내가 거절하자 중간 중간 말을 멈추고 한숨도 쉬면서 힘들어하니까 나로서는 전화를 더 더욱 끊을 수가 없었어요.

사실 나는 유혹을 느꼈습니다 "혹시 무슨 힘든 일이 있으신 지 말씀해주실래요?"라고 내가 텔레마케터에게 묻고 싶었던 겁니다. 그런 어이없는 주객전도가 벌어졌다면 그분은 아마 이 렇게 말했을 겁니다. "관심 끄시고 카드나 발급 받아주시면 돼 요."

아무튼 내가 낯 모르는 텔레마케터의 마음이 염려되었던 건 사실입니다. 텔레마케터를 귀찮게 여기고 대충 응대하던 나로서는 새로운 경험이었습니다. 그런데 며칠 후 택배기사 분에게도 비슷한 염려가 들었습니다.

대형 마트의 택배 서비스를 받으면 배송 예정 시간을 알려줍니다. 그런데 그날은 늦더군요. 30분 정도 늦겠다면서 미안하다는 카톡이 왔어요. 하지만 그 시간도 맞추지 못했어요. 1시간 늦게 택배기사 분이 벨을 눌렀습니다. 나이가 70대 정도 되시는 것 같았습니다. 피곤해 보였던 그분이 진심으로 미안한 표정을 지으면서 사과를 했습니다.

"늦었습니다. 죄송합니다."

나는 정말 괜찮았기 때문에 괜찮다고 했어요.

"괜찮아요. 전혀 문제 없습니다."

"차가 많이 밀려서요."

그분은 미안한 마음을 떨치기 힘드셨나 봅니다.

"예. 이해합니다."

"다음부터는 늦지 않겠습니다. 고객님."

"예. 감사합니다. 수고하십시오."

"감사합니다."

나는 예의 바르게 응대했어요. 그럴 수 밖에 없었던 게 노년의 택배기사를 보는 순간 얼마나 애타게 서둘렀는지 짐작할 수 있었어요. 숨도 찬 것 같았고 피곤해 보였거든요. 또 저녁 시간이 지났을 때였는데 나는 배를 곯으면서 노동하는 그분의 허기를 느낄 수 있을 것만 같았습니다.

나는 오래 전부터 텔레마케터나 택배기사, 아파트 경비원 등에게 친절하려고 노력했어요. 그게 예의라고 생각해서 노력을 했지요. 그런데 직장을 잃고 가난해진 후에는 노력이 아니라 진심으로 그들을 이해할 수 있었을 것 같았습니다. 그들의 고단한 몸과 마음을 상상하게 된 것입니다. 그래서 한숨 쉬며 집요하게 설득하는 텔레마케터에게 냉정할 수 없었고 미안하다는 택배기사를 진심으로 위로하고 싶은 마음이 들었던 겁니다.

세상을 떠난 어느 정치인이 '투명 인간'이라 칭한 사회 계층이 존재합니다. 새벽 3시에 일어나 5시에는 도심의 빌딩으로 출근하며 누구의 눈에도 띄지 않게 조용히 일을 하는 그들이 이 세상에 있습니다. 아파트 엘리베이터를 청소하시는 분들, 마을버스 기사분들, 작은 가게 점원도 다 투명 인간의 부류에 속할 것입니다.

그들의 공통점은 저임금입니다. 우리 주위에 아주 많은데 잘 보이지 않고 신경 쓰지 않아도 됩니다. 그러나 많지 않은 임금을 받는 그들의 노동 없이는 도시인의 생활이 금방 무너질 수도 있습니다.

안정적으로는 돈을 버는 동안에는 나는 그런 '투명 인간'을 보지 못했던 것 같습니다. 나에게 우월감이 있었던 같아요. 저임금 노동자들과 나는 다른 존재라는 생각이 생각의 바닥에 깔려 있었고 그래서 그분들이 눈에 잘 보이지 않았던 겁니다. 대단하지도 않은 경제적 지위 때문에 허위 의식에 젖어 있었던 거죠. 오만했던 겁니다.

내가 가난해진 후로는 그분들이 더 잘 보였습니다. 청소하고 배달하며 짐을 정리하는 사람들이 더는 내게 투명하지 않습니다. 그들의 마음에 대해 상상도 하게 되더군요. 가난이 나를 착하게 만들었습니다.

실직을 한 나는 사회 계층의 아래 방향으로 떨어질 가능성이 높습니다. 텔레마케터 등 저임금을 견디며 살아가는 이들과 더욱 가까워지게 되었습니다. 나는 이게 징벌이라거나 낙오같지는 않아요. 새로운 삶이라고 봐요. 두려워하지 않겠습니다. 식사도 거르며 물건을 나른 택배기사 할아버지처럼 씩씩하게 살아보겠습니다.

그리고 오만하지 않겠다고 다시 다짐합니다. 한때는 안정적 수입이 있다고 오만했습니다. 우월감에 빠져서 내 삶을 떠받친 투명 인간 분들은 거들떠보지 않았습니다. 내가 깨끗한 건물을 걷고 깨끗한 엘리베이터를 타는 건 누구 덕분인가요. 난방비와 전기요금이 밀리지 않도록 눈금을 확인해서 알려주는 이들은 누구일까요. 거의 본 적이 없고 관심도 없었습니다. 내 삶이 조용히 움직이는 수많은 투명인간들 덕분인데, 나는 그분들의 노고와 희생을 당연시 여겼습니다. 오만했던 것입니다. 후회합니다. 이제는 겸손하겠습니다. 이 뼈저린 반성도 바로 실직이 준 뜻밖의 선물이네요.

빌 게이츠 같은
부모가 되겠습니다

서진 씨. 무척 궁금했던 문제입니다. 빌 게이츠는 좋은 아빠고 나는 나쁜 아빠인가요? 빌 게이츠는 부양 능력이 거의 무한하니까 자녀가 100명이어도 괜찮지만 흙수저는 아이를 하나라도 낳고 사랑하는 게 죄악인가요.

돈벌이가 더는 어렵겠다 생각이 드니까 가장 먼저 우리 아들 얼굴이 떠오르더군요. 많은 게 미안했어요. 또 그동안 나쁜 아빠였던 것 같아서 우울했어요. 마음을 담아 문자를 보냈습니다.

"네가 필요없다고 했던 말 거짓말이다. 성적이 떨어져도 아빠는 우리 아들을 사랑한다. 공부에 치여 힘든 너를 응원은 못하고 상처만 준다. 아빠는 세상에서 가장 바보 아빠다. 미안하다. 용서해다오."

그렇게 저자세인데다가 감상적인 문자를 보낸 건 평생 처음이에요. 나는 아빠로서 권위를 내세우며 감정을 드러내는 일이 없었습니다. 그런데 직업을 잃는다는 생각에 마음이 약해져서 감상이 튀어나온 겁니다. 간절했어요. 미안하다는 말을 꼭하고 싶었죠. 사랑하는 마음도 전하고 싶었어요. 문자를 보내고 나니 내 마음은 후련했어요. 아마 아들은 답답했을 겁니다. 아빠의 문자 분위기가 낯설어서 말문이 꽉 막혔을 겁니다. 답장은 기대도 하지 않았어요. 그런데 몇 시간 후 답장이 왔어요. "아녜요. 항상 감사하고 있어요."

말할 수 없는 감격이 몰려왔어요. 진심으로 감사한 게 아니라 의례적인 답장일 수도 있었어요. 그래도 감동했고 기뻤습니다. 비록 서툴더라도 마음을 나누면 행복해진다는 걸 알았습니다.

아들이 이제 대학교 2학년이니까 학비와 방 월세와 생활비를 계속 줘야 합니다. 군대를 다녀와야 하죠. 또 대학원에 진학하고 싶어할 수도 있고 취직 공부하려고 졸업을 미룰 수도 있습니다. 계산해보면 적어도 5년 정도 계속 지원해줘야 합니다. 아들이 아르바이트를 한다고 해도 만만찮을 겁니다. 내가 몇년이나 아들을 도울 수 있을까요. 나눠 줄 게 얼마 남지 않은 것 같아요. 나는 가난한 아빠입니다.

경제적 어려움은 아이들에게 큰 상처를 남기는 것 같아요. 나도 그런 기억이 있습니다. 오래된 일이지만 충격이 컸기 때문에 기억이 또렷합니다. 초등학교 5학년이었어요. 부모님의 대화를 엿듣게 되었는데 빚 걱정을 하셨습니다. 소근거리시면서 돈을 아끼고 모아야 한다고 말씀하셨어요. 나는 채무 개념은 정확히 몰랐지만 부모님에게 돈이 필요한 건 분명하다고 생각했어요. 내가 할 수 있는 방법은 하나뿐이었죠. 용돈을 모아서 부모님께 드려야겠다고 마음 먹었어요. 매일 아침에 받는 동전들을 며칠 동안 모았습니다. 그런데 어린아이가 돈 쓰기를 참는 건 상당히 괴로운 일입니다. 또 얼마나 모아야 하는지도 막막했습니다. 결국 어머니에게 얼마를 드리면 되냐고 물었습니다. 잠시 놀란 표정이었던 어머니는 기쁜 말씀을 해주셨어요. 빚이 얼마 되지 않으니 아무 걱정할 것 없다는 거였어요. 나는 해방을 맞았어요. 다시 용돈을 행복하게 쓸 수 있게 된 것입니다.

또 어느 7살 소년의 경우도 있어요. 소년은 동네 아이들과 눈싸움을 하고 있었어요. 그런데 아이들이 소년의 장화를 가리키며 깔깔 웃기 시작했습니다. 소년의 장화는 색깔부터가 다른 짝짝이였기 때문입니다. 길거리 청소부로 일하던 아버지가 주워 온 것들이었다네요. 소년은 눈싸움을 한다는 생각에 신나게 뛰어 나오느라 엄마가 내준 장화가 짝짝이라는 걸 전혀 몰랐습니다. 친구들의 놀림을 받아 마음을 다친 소년은 이후 옷과 신

발에 극도로 신경 썼다고 하네요. 친구들이 놀릴 것 같은 옷을 절대 입지 않았어요. 화가 난 아빠가 때려도 이상해 보이는 옷은 이를 악물고 거부했어요. 그리고 새 장화에 대한 목마름은 40년이 지난 후에도 씻기지 않았어요. 중년이 된 소년은 가슴 설레며 검은 장화를 샀고 방안에서 혼자 신어보며 행복해했다고 합니다. '강아지 똥'을 쓴 동화작가 권정생 선생이 겪은 일로 〈빌뱅이 언덕〉이라는 산문집에 소개되어 있습니다.

부모의 가난은 아이에게 고통입니다. 용돈을 아끼지 않으면 부모님이 빚 때문에 고통받는다고 생각한 아이는 마음이 첫덩이였을 겁니다. 또 짝짝이 장화를 때문에 받은 상처가 중년까지 지속되었으니까 7살 아이는 가슴에 화살이 꽂힌 채 어른이 되었던 겁니다.

서진 씨. 가난은 아이에게 큰 상처를 줍니다. 나의 무능력이 아들에게 그늘을 드리울 게 분명하다고 생각하니 목이 꽉 메여옵니다. 또 아이가 부모의 생활을 걱정하게 만들 것 같아서 한없이 미안합니다. 걱정스럽습니다. 이 문제를 어떻게 해야 할까요. 참 어려운 문제였고 오래 고민했어요. 주변 사례를 살폈더니 해결의 실마리가 잡혔습니다.

첫 번째 사례는 가난한 어부 아빠입니다. 나는 어부의 고3 아이에게 무신경하게 물었어요. 수능 공부는 잘 되냐고요. 뜻밖에도 아이는 대학에 가지 않을 거라고 했습니다. 어부 친구가 말했습니다. "얘는 아빠 능력이 없는 걸 알고 대학을 포기했어." 표면적으로는 대견하다는 거였지만 속뜻은 전혀 다릅니다. 자신의 무능력이 많이 미안했을 겁니다.

두 번째 사례는 부자 아빠입니다. 그 친구는 유학 중에 낳은 아이들을 국내 외국인 학교에 보내고 있어요. 아이의 학비만도 억대라고 했습니다. 어마어마한 액수입니다. 그런데 그 부자 아빠는 아이들이 한국에 적응하지 못했고 공부할 생각도 전혀 없다면서 안타까워했어요. 사실 친구의 아이들은 우리말을 잘 못하기 때문에 한국에서 제대로 된 경제 활동을 할 수 없을 것 같습니다. 친구는 돈이 없어서 아이들에게 빌딩을 하나씩 사줄 수 없는 게 안타깝다고 말하더군요.

세 번째 사례는 지극 정성 부자 아빠입니다. 그 선배는 딸이 고등학교를 자퇴하겠다고 하자 잠깐 고민하고는 흔쾌히 허락했을 정도로 자녀를 무조건 믿고 지지하는 타입입니다. 성인이 되자 딸에게 의류 매장을 차려 줬는데 망했고 이어서 카페를 열어줬는데 폐업했죠. 요즘은 친구들과 규모가 큰 인터넷 사업을 하고 있는데 아빠의 고민이 큽니다. 딸의 사업이 한두번 더 망하면 자신의 재산도 바닥 날 거라고 걱정하더군요. 그런데 요즘 딸이 방에서 우는 일이 많아졌다고 합니다. 사업이 잘 풀리지 않는 겁니다.

돈이 부족해 대학 못 보내는 아빠와 돈이 부족해 빌딩 못 사주는 아빠가 같을 수는 없어요. 그래도 같은 점이 있습니다. 자신의 무능력을 괴로워하는 건 동일합니다. 자녀에게 미안해한다는 사실도 비슷합니다.

우리는 정말 이상한 세상에 살고 있어요. 돈이 있건 아니건 부모는 미안한 겁니다. 자신이 부족한 부모라고 생각하는 것이죠. 돈을 아무리 많이 벌어도 자괴감에서 못 벗어나니, 다들 불쌍한 아빠이고 가련한 부모들이죠.

세계 최고의 부자가 되면 미안한 마음이 없어질까요. 빌 게이츠는 자신이 가진 돈에서 '아주 작은 부분'만 물려주겠다고 했어요. 그의 재산이 90조원 정도였어요. 90조원의 아주 조금이면 엄청난 액수일 것 같네요. 적어도 수천억원은 되겠죠.

어쨌거나 대단한 결심입니다. 만일 빌 게이츠가 한국 사람이었다면 아마 전 재산을 자녀에게 물려주려고 목을 맸을 겁니다. 실제 우리 사회의 초갑부들이 그렇게 하듯이 말입니다. 더중요한 게 있습니다. 그 많은 돈을 물려주면서도 미안할 겁니다. 한국에 있는 모든 기업을 다 살 돈을 주지 못한 게 안타까울 겁니다. 앞서 말했듯이 우리는 정말 이상한 세상에 살고 있어요. 돈이 있건 아니건 부모는 미안한 겁니다. 한국 부모의 운명은 영원한 미안함입니다.

서진 씨. 빌 게이츠가 나보다 좋은 아빠일까요. 생각해보면 황당한 질문입니다. 답할 수 없습니다. 그 집 아이들이 크면서 뭘 겪었는지 알 수가 없잖아요. 집마다 말 못할 사정이 다 있잖아요.

좋은 아빠인지는 몰라도 분명한 건 있어요. 빌 게이츠는 나보다 행복한 아빠입니다. 돈이 많아서가 아닙니다. 미안한 마음에 시달리지 않고 명랑하기 때문입니다. 그는 자녀를 부양하는 데 명확한 한계선을 둡니다. 재산 중 일부만 주면서도 미안하지 않은 거예요. 자신의 재산 중 일부만 주고 나머지는 자기 마음대로 자선 활동에 써도 미안하지 않기 때문입니다.

빌 게이츠가 나보다 행복한 아빠인 이유가 또 있어요. 아이를 믿기 때문입니다. 빌 게이츠는 자기가 보기에 푼돈을 물려줘도 자녀가 잘 살거라 믿습니다. 아이가 의미 있게 삶을 개척하고 행복해질 거라고 신뢰하는 것이죠. 나를 비롯한 한국의 부모들은 아이의 자생 능력을 불신합니다. 돈을 무한정 물려주지 않으면 아이가 고통받고 슬퍼하다 쓰러져서 불행해질 거라고 걱정합니다. 자녀의 능력을 믿지 못하는 부모는 항상 불안하고 불행합니다.

나는 빌 게이츠 같은 아빠가 되겠습니다. 거금을 물려주지 못했다고 죄책감에 시달리며 고개를 떨구는 바보 아빠는 되지 않겠다는 겁니다. 또 우리 아이의 삶의 능력을 신뢰할 겁니다. 아이가 삶의 문제를 씩씩하게 해결하면서 행복에 도달하리라 믿고 기대하고 응원하는 것이죠.

나는 가난한 아빠인 게 맞습니다. 또 집이 가난하면 아이가 상처를 받는 것도 사실입니다. 하지만 상처없는 생명은 없습니다. 가슴에 비수 한두 개는 박힌 채 웃을 수 있어야 더 멋진 사람입니다. 우리는 상처와 아픔을 딛고 성장할 수 있습니다.

부모님이 나를 풍족하게 길러주시진 않았지만 아주 감사하게 생각합니다. 나이가 드니 그분들이 자녀를 기르기 위해 얼마나 애를 썼나 상상할 수 있고, 이제는 진심으로 감사드리게 되었습니다. 7살 때 짝짝이 장화를 신었던 그 소년도 가난한 부모님을 미워하지 않을 겁니다. 뜨겁게 연민하고 사랑했을 것이 분명합니다. 갑부 부모만 사랑받는 게 아닙니다. 사람 마음이 그렇습니다. 우리가 빌 게이츠 부부가 아니지만 아이가 행복한 삶을 살면서 가끔 사랑의 마음으로 우리를 회고할 것입니다. 지금 우리가 할 수 있는 일은 아이에게 사랑을 듬뿍 주는 것이겠죠.

세상을 미워하지 않게
도와주세요

서진 씨. 부디 오해는 마세요. 어린 시절의 일이고 미련도 없으
니까요. 내가 서진 씨를 알기 전에 말입니다. 한 여자가 나를
버렸습니다. 연애가 길지 않았지만 그래도 다정한 애인 사이였
는데 어느날 그녀가 돌변했습니다. 헤어지자는 것이었습니다.
나는 어안이벙벙하면서도 화가 났습니다. "좋아. 헤어지자. 이
유 따위는 알고 싶지도 않다. 이만 안녕"이라고 당차게 대꾸하
고 싶었지만 그러면 정말 헤어지게 될 것 같아 비굴해지는 쪽
을 택했습니다.

"왜 그래? 내가 뭘 잘못했니?" 나는 울 듯한 표정이었어요.

"그런 거 없어." 매정하게 그 사람이 말하더군요.

"한 번만 더 기회를 줘. 내가 잘할게." 나는 더 비굴하게 말
했죠.

"이미 끝났어." 그 사람은 심지어 딴곳을 보며 대꾸했어요. 다급해진 나는 가장 비굴한 말을 꺼낼 수밖에 없었습니다.

"이대로 떠나면 나는 죽을 것 같아. 제발."

"미안해. 곧 괜찮아질거야."

흔히 볼 수 있는 상투적 대화였지만 나는 정직하게 말했어요. 물에 빠져 죽을 위기의 사람처럼 진심만을 외쳤습니다. 비굴함의 정점도 보여줬어요. 그런데 웬걸 그녀는 귀를 아예 닫았습니다. 누굴 만날 약속이 있는 듯이 시계를 자꾸 보고 딴생각을 하고 있었어요. 결국 나의 읍소와 호소는 모두 일축되었고 나는 길바닥에 주저앉아 버렸습니다. 그녀는 나를 일으키지도 않고 미안하다고 툭 뱉고는 뒤돌아서 쌩 가버렸습니다. 나를 길바닥에 남겨 두고 말입니다. 그녀는 그 길로 한 남자를 만나러 갔고 얼마 후 결혼까지 했습니다.

거짓말이에요. 그녀를 잊지 못했어요

그래요. 내가 거짓말을 한 게 있어요. 나는 그녀를 잊지 못했습니다. 미련이라면 미련이겠죠. 자주 생각이 났어요. 너무 분하고 화가 나서 잊을 수가 있어야 말이죠. 원통한 것은 두 사람이 아들딸을 낳고 버젓이 행복하게 살았다는 사실입니다. 이제는 소문마저 못들은 지 오래지만 잊히지 않아요.

하늘을 날아가는 새 한 마리가 있었습니다. 어디선가 화살이 날아와 새의 몸을 관통합니다. 또 한 사람이 차를 몰고 교차로에 서 있었습니다. 어디선가 트럭이 튀어나와 그 차의 옆구리를 박아 버립니다. 갑작스러운 이별 통보는 그런 충격을 줍니다.

별안간 닥친 실직도 비슷하게 충격적입니다. 직장을 떠나는 사람은 회사로부터 이별 통보를 받은 것입니다. 넓게는 이 사회로부터 버림을 받은 것이죠. 소규모의 자영업을 접어야 하는 사람들도 역시 버려지는 기분일 겁니다.

버림받은 사람은 호소하게 되어 있습니다. 한번 더 기회를 달라고 외칩니다. 이러면 우리 가족이 다 굶게 된다고 읍소하기도 하죠. 그러나 회사 또는 이 세상은 매몰찹니다. 사랑이 식어버린 옛 애인처럼 귀를 막고 코웃음을 칩니다. 아무리 부탁하고 외쳐도 실직이나 폐업은 되돌릴 수 없는 일이 됩니다. 당사자로서는 선택의 여지가 없습니다. 화살을 맞은 새처럼 찍소리 못하고 고꾸라질 수밖에 없어요.

세상으로부터 버림을 받으면 첫번째 반응이 자기 연민입니다. 나도 그랬어요. 회사가 망한 후 길가에 버려진 인형을 보면서 내 처지를 닮았다 싶었습니다. 대낮 동네 뒷산 벤치에 앉아 "동그라미 그리려다 무심코 그린 얼굴"을 낮게 노래하던 그 늙은 중년 남자도 나처럼 세상으로부터 폐기 판정을 받은 거라고 나는 멋대로 감정 이입했습니다.

버림 받은 사람의 두 번째 반응은 현실부정입니다. '아니야'라고 외치는 겁니다. 애인의 이별 통보를 들은 사람들은 오해가 풀리면 애인은 곧 돌아올 거라고 믿습니다. 이별의 현실을 부정하는 것이죠. 실직한 나도 그랬습니다. 상황이 곧 원상 복구되고 나는 내 자리로 복귀할 것이라고 생각했습니다. 뭔가 착오가 있다고 믿어 의심치 않았습니다. 현실을 외면하고 싶었던 거죠.

버림받은 자의 세 번째 반응은 분노입니다. 가장 고통이 큰 단계입니다. 이별 통보를 받은 사람은 한동안 매달리며 아파하다가 애인을 향해 분노하게 되죠. 돈벌이 리그에서 밀려난 사람도 분노가 치밀어오릅니다. 나도 화를 참기 어려웠습니다. 나에게 갑질했던 큰 회사의 이 차장과 박 이사, 친구라고 생각했는데 끝내 나를 배신한 것 같은 동료들, 별로 어려울 것도 없는데 도움 요청을 차갑게 거절했던 지인들을 향해 분노했습니다.

증오는 너무나 고통스러웠어요

서진 씨. 누군가를 증오한 적이 있나요? 그럴 성격이 아니니 잘 모를텐데 누구를 많이 미워한다는 건 정말 괴로운 일입니다. 내가 피폐해집니다. 미워하느라 에너지를 써서 매일 휘청거리게 됩니다. 미워할수록 내 가슴이 답답해지고 나중에는 터질 것 같습니다.

증오가 심한 경우에는 약간 미치게 됩니다. 환영과 환청에 시달리는 것입니다. 아침에 일어나자마자 나를 괴롭혔던 얼굴이 떠올랐습니다. 웃으면서 나를 조롱했던 갑회사의 팀장이 눈앞에 나타나는 식입니다. 나는 머리를 도리질했습니다. 이번에는 밝은 대낮에 길을 가는데 갑자기 나를 배신한 자의 음성이 들리기도 했어요. 그들은 깔깔깔 웃더군요. 나는 눈을 감고 입술을 깨물었죠. 이렇듯 머리 주변에 내가 미워하는 자들의 이미지와 소리가 둥둥 떠다녔습니다. 그것들은 등산객의 땀흘린 얼굴로 모여드는 날벌레처럼 쫓아내고 또 쫓아내도 집요하게 다시 들러붙었습니다. 나는 그들의 얼굴을 보고 목소리를 들을 때마다 끄응하고 신음했어요. 그들이 나를 불행하게 만들었다고 확신하면서 욕도 해줬어요. 아무도 없는데 혼자 펄쩍 뛰며 그랬습니다. 분노에 휩싸여 나는 약간 광인이 되어버렸던 것입니다.

사실 내가 증오했던 것은 구체적인 사람들만이 아니었어요. 이 세상 전체도 무척이나 싫었습니다. 세상은 나에게 무관심을 넘어 무정하고 비정합니다. 내가 지쳐서 사막에 쓰러져 있는데 그 위에서 뜨겁게 불타는 태양이 이 세상 같았어요. 나의 비극에 조금의 관심도 없는 이 세상이 각성해야 한다고 믿었죠. 대지진이 일어나 내가 지금 겪는 고통을 공유해야 맞다는 생각도 들었을 정도였어요. 내가 단단히 미쳤던 겁니다. 아니면 너무 외로웠던 것인지도 모르죠.

분노와 증오는 괴로운 일입니다. 힘이 들어요. 그리고 증오를 품으면 악한이 됩니다. 남의 불행을 빌고 행복을 시기하는 사람은 나쁜 존재입니다. 내가 딱히 그랬습니다. 증오를 품으면 또한 미쳐 버립니다. 있지도 않는 얼굴과 목소리를 향해 분노하던 내가 영락없었습니다. 내게 자각 능력은 조금 남아 있었어요. 분노에 찌들어 있는 내가 보였습니다. 어떻게든 분노에서 벗어나려 했습니다. 갖은 수를 썼죠. 우연히 인터넷에서 접한 구절도 나를 달래줬습니다.

"증오는 독약을 삼킨 후 상대가 죽기를 바라는 것이다."
"분노는 상대를 맞히려고 달군 석탄을 손에 쥔 것과 같다."
나는 출처가 불명확한 위의 명언들을 읽으며 크게 공감했습니다. 분노는 나만 해칩니다. 나의 분노가 저 멀리 있는 사람을 괴롭히는 건 불가능합니다. 증오는 자해 행위입니다. 자신의 가슴만 불태웁니다. 나의 품격을 훼손하고 나의 제정신을 앗아가며 시간과 에너지를 빨아 먹습니다. 분노를 거두지 않으면 나는 살 수 없습니다. 분노를 더 키우면 상대가 아니라 내가 죽을 게 분명했습니다.

이성적으로 생각해보니 나의 증오는 나에게 해로워서 문제인 것만은 아니었습니다. 다른 심각한 문제점도 있었습니다. 나의 증오는 틀린 생각을 깔고 있었습니다. 엉터리 생각이 증오심의 근거였던 것이죠.

분노를 다스리고 행복을 되찾았습니다

나를 버린 여성을 미워하는 건 인지상정이겠지만 그래도 생각이 틀린 건 분명합니다. 연애라는 게 원래 깨지게 마련입니다. 사랑에는 배신이 따릅니다. 사실 나도 누군가를 버린 적이 있으니까 나를 버린 사람을 욕할 게 못되는 겁니다. 그렇게 생각하니 돌연 배신한 옛 애인이 크게 밉지 않았습니다. 곧 증오심을 품고 기억에서 지울 수 있을 것 같아요.

나는 사람들이 나를 배신했거나 갑질 및 착취를 했다고 믿었습니다. 그러나 나의 착각일 수 있다는 생각도 들더군요. 피해의식일 수도 있고요. 어쩌면 나도 누군가에게 배신의 아픔을 주거나 갑질을 했을 수도 있습니다. 의도하지 않았을뿐더러 내일에 충실했을 뿐인데, 그 결과로 누군가 피해를 입을 수 있는 겁니다. 용서하는 것이 맞습니다.

버림받은 사람들은 분노를 식히고 나서 네 번째 단계에 접어듭니다. 바로 수용입니다. 이제 버려졌다는 사실을 담담히 받아들이는 겁니다. 옛 애인이 다른 사람에게 떠났다는 사실을 아프지만 인정하는 거죠.

내가 실직했고 좋은 일자리에 재취업할 수 없다는 사실을 흔쾌히 받아들였습니다. 또 누구의 흉계가 내 불행의 원인이 아니라는 사실도 인정하게 됩니다. 실직과 그에 따르는 비극의 가장 큰 원인은 나의 불운이었을 겁니다.

나는 회사가 몰락한 후 네 가지의 감정을 느꼈습니다. 우선 자기 연민을 느꼈고 현실 부정의 단계도 거쳤으며 분노의 격정을 통과한 후 수용에 이르게 되었습니다. 나는 직장이 없다는 사실 때문에 나를 불쌍히 여기지 않습니다. 현실을 부정하면서 "아니야. 곧 더 좋은 직장을 얻을 수 있어!"라고 외치지도 않겠습니다. 누군가 나를 배신했다고 확신하면서 증오심을 키우지도 않을 겁니다. 나에게 필요한 것은 현실을 받아들이는 겁니다. 그래야 나를 일어서서 다시 뛸 수 있습니다. 분노한다면 과거에 갇히는 것이 되니까 이런 새출발은 영영 가능하지 않습니다.

나를 위해서라도 분노를 버려야 한다는 생각을 하게 되었습니다. 세상이 정말 나를 싫어할 수도 있습니다. 나를 버린 것일 수도 있겠죠. 아무래도 상관없어요. 나는 깨끗이 용서해 줄 겁니다. 세상을 위해서가 아닙니다. 내가 다시 행복해지기 위해서입니다.

예쁜 아내와 사랑스러운 아이만
보고 살겠습니다

서진 씨. 자존심이 상해서 오랫동안 숨겼던 일입니다. 나는 서진 씨의 대학 과친구 때문에 질투에 시달렸던 적이 있습니다. 그는 친구들로부터 인기가 많다고 했습니다. 성격이 좋은 듯했고 부잣집 아들처럼 보였습니다. 단순한 친구 사이라는 서진 씨의 말을 믿었지만 질투심이 끓어오르는 걸 어쩔 수 없었습니다. 그와 만났다거나 전화 통화를 했다는 말만 들어도 나는 불행해졌습니다. 그 당시에는 귀했던 피자를 같이 먹었다고 했을 때 정말 화를 터뜨리고 싶었지만 겨우 감정을 억제했습니다.

"난 그 사람, 기분 나빠요."

돌연 적대적 감정을 드러내니 서진 씨는 놀란 것 같았습니다.

"왜요?"

"거만한 속물 같아서 싫어요."

나는 아무런 근거도 없이 남을 욕했어요. 서진 씨는 난처한 것 같았어요.

"괜찮은 친구인데요…."

그래도 난 잘라 말했어요.

"난 싫어요. 정말로."

앞으로 절대 만나지 말라고까지 하고 싶었는데 차마 그 말을 꺼내지 못했습니다. 질투하는 마음이 들통날 것 같았기 때문에 참았던 겁니다. 오래된 일이지만 감정이 아주 격했던 까닭인지 바로 어제일처럼 생생하네요.

나는 뭘 질투했을까요. 나에게 없는 것을 그가 갖고 있었다고 믿고 부러워했던 것 같아요. 인기, 성격, 집안 배경 등이 탐났는데 그 좋은 것들이 내게는 없으니 화가 났지요.

질투하는 사람은 불행합니다. 자신의 좋은 점은 모르고 남만 좋아보이기 때문입니다. 자신의 아름다움은 보지 않고 타인의 것만 선망하니까 질투하는 사람은 눈이 멀게 됩니다.

나도 괜찮은 청년이었잖아요. 하늘을 찌르지는 않지만 인기도 있었고 유머 감각도 괜찮았고 부자는 아니었지만 가난한 집안 출신도 아니었죠. 그런데 질투하는 순간 내가 가진 것은 시야에서 완전히 삭제되었고, 나는 열등감에 괴로워하게 되었습니다.

누구나 아는 것처럼 부러움과 질투는 해롭습니다. 나의 행복을 해치는 자학의 감정들입니다. 그런데 부러움과 질투 때문에 고통을 받았어요. 특히 실직 직후에 그랬습니다. 나보다 더 많이 벌고 더 편안하게 사는 이들이 무한정 부러웠습니다. 질투에도 시달렸죠. 그들의 누리는 행운에 배가 아팠던 것입니다. 실직자인 나는 불운을 떠안아야 하는데 어떤 이들은 운이 좋아 편하게 호의호식하고 있다고 생각하면 괴로웠을 뿐입니다.

어떻게 해야 이 나쁜 감정에서 벗어날 수 있을까 고민을 많이 했습니다. 열심히 일을 해서 성공을 하고야 말겠다고 덤비면 좀 나을까요. 아니라고 하더군요. 영국 철학자 버트런드 러셀에 따르면 성공한다고 부러움이 사라지는 건 아닙니다. 아래는 러셀의 〈행복의 정복〉에 나오는 글귀인데 내가 번역해봤습니다.

"나보다 보수를 두 배 받는 사람은 누군가가 자기보다 두 배를 번다는 생각 때문에 고통받을 것이다. 당신이 영광을 갈망한다면 아마 나폴레옹을 부러워할 것이다. 그런데 나폴레옹은 시저를 부러워했고 시저는 알렉산더를 부러워했으며 알렉산더는 존재하지 않았던 헤라클레스를 부러워했던 게 틀림없다. 그렇기 때문에 성공 하나만으로는 부러움을 없앨 수 없다."

아무리 성공을 해도 소용없다는 겁니다. 아무리 성공해도 자기보다 더 성공한 사람이 있게 마련입니다. 돈을 긁어모으고 지위를 높이고 유명해져도 부러움이나 질투에서 헤어나올 수 없습니다.

우리가 아는 스타와 재벌과 정치인들이 다 그렇게 다른 누군가를 부러워하며 질투할 수 있는 겁니다. 가령 빌보드 차트 1위에 오른 업적을 자랑하는 뮤지션은 1위에 10주 동안 머물렀던 다른 가수에게 열등감을 느끼기 쉽습니다. 한 나라의 대통령에 오른 야심가는 강대국의 대통령이 누리는 권력의 크기를 보고 격렬한 질투심에 시달릴 수 있는 것입니다.

나도 그랬어요. 운좋게 책 하나가 예스24에서 1위에 올랐을 때 감격했어요. 그리고 세상에 감사했죠. 그런데 다른 책들을 보니 1위 자리에 몇 주씩 있었어요. 질투를 느꼈습니다. 부러웠어요. 내 책은 일주일 동안 1위에 있다가 내려왔습니다. 글쓰는 사람이 평생 한 번도 경험하기 힘든 성과인데도 나는 다른 초베스트셀러의 저자들이 부러웠습니다.

그러면 어떻게 해야 할까요. 자학적인 감정인 질투에서 탈출하는 길은 뭘까요. 철학자 버트런드 러셀은 해결책을 내놓습니다. "당신의 기쁨을 만끽하고 당신이 할 일을 수행하면 부러움을 없앨 수 있다"고 했습니다. 또 "운이 좋다고 생각하는 사람들과 당신을 비교하지 않음으로써 부러움을 제거할 수 있다"
고 덧붙였습니다.

먼저 나의 기쁨을 만끽하고 두 번째로 나의 일에 충실하며
세번째로 남과 나를 비교하지 않으면 부러움에서 탈출할 수 있
다는 말입니다.

나도 마찬가지겠죠. 나의 기쁨을 온전히 느끼고 내 할 일을
열심히 하며 비교하지 않으면 됩니다. 그러면 비록 내가 큰돈
을 못 벌고 지위가 낮다고 해도 부러움을 느끼지 않고 질투에
고통받지 않게 되는 겁니다. 아주 간단합니다.

비유하자면 나의 작은 꽃밭에만 집중하면 됩니다. 알록달록
피어있는 몇 송이의 아름다움을 감상하고 그 꽃들을 열심히 가
꾸기만 하면 됩니다. 남의 수만평 꽃밭은 신경쓰지 않습니다.
나는 내 꽃밭만 사랑하면 됩니다. 이로써 나는 행복할 준비가
된 것입니다.

나는 TV를 보면서 병풍이 되는 느낌을 종종 받습니다. 들러
리 취급을 받는다는 겁니다. 수백 수천만원짜리 시계 광고 또
는 1억원이 훨씬 넘는 자동차 광고 등을 볼 때 그런 불쾌감을
느낍니다.

내가 1억 원짜리 차를 구입할 가능성은 거의 0%입니다. 내

주변 사람 중에서는 고가 자동차의 잠재 구매자는 1%가 될까 말까합니다. 그런데 그런 광고를 차를 살 수 없는 99%의 사람에게까지 왜 보여주는 걸까요. 전파 낭비인 것 같다는 생각을 했는데 더 깊이 생각하니 아니더군요.

100명 중 1명은 그 차를 사고 99명은 부러워하는 게 자동차 회사가 원하는 상황입니다. 만일 1명이 그 차를 1억원 주고 샀는데 99명이 무관심하면 어떨까요. 전혀 부러워하지 않는 겁니다. 콧방귀도 뀌지 않는 겁니다. 고급차 구입자는 좌절을 느낄 겁니다. 괜히 샀다 싶을 겁니다. 그에게 자동차만큼 필요한 것은 박수를 쳐줄 들러리 병풍 부대입니다.

또 수백만원짜리 시계를 찬 부자는 친구와 동료의 탄성을 기다립니다. 사람들이 무관심하면 그 시계의 가치는 사라지게 되어 있습니다. 들러리가 없으니 공허할 겁니다.

비싼 상품을 사지도 않는 사람에게까지 광고를 보여주는 이유는, 부러워하게 만들기 위해서입니다. 우리에게 들러리 역할을 맡기려고 그 비싼 돈을 주고 만든 광고를 계속 보여주는 겁니다. 광고의 진정한 메시지는 이렇습니다. "여러분. 이 물건은 아주 비싸요. 돈이 없으면 부러워라도 하세요."

아뇨. 부러워해주지 않겠습니다. 나는 내가 부러움에 빠지지 않게 막아내겠습니다. 그 대신 나의 작은 꽃밭에 집중하고 몇

몇 꽃송이에서 기쁨을 느낄 거예요. 남이 어떤 것을 입고 먹고 타건 시선을 주지 않겠습니다. 내가 갖고 있는 것을 오랫동안 찬찬히 살펴 보고 사랑하겠습니다. 사랑하는 아내와 아이가 있어요. 서진 씨는 좋은 사람이며 요리 실력이 뛰어납니다. 또 우리에게는 차도 있고 TV도 있으며 은행 통장도 몇 개 있죠. 나는 부끄러운 수준이지만 글쓰기 능력이 있고 또 다행히 성실합니다. 나의 가족과 능력 그리고 소유물 등 모든 것을 자랑스러워할거예요. 남이 부러워하건 말건 자긍심을 갖고 사랑할 겁니다. 남이 부러워해야 행복한 사람은 지극히 불행합니다. 누가 떠먹여줘야 연명하는 중환자처럼 의존적이기 때문입니다. 1억원짜리 차와 100억원짜리 집이 있어도 독립심이 없는 사람은 마음이 쉽게 무너질 겁니다. 나는 독립적으로 나의 것을 자랑스러워하고 사랑하는 행복 능력자가 되겠습니다.

내 곁에 있어줘서
고맙습니다

서진 씨. 사람에게 실직만큼 무서운 일은 없어요. 실직을 하니까 알겠더군요. 실직은 가혹한 형벌입니다. 직업이 없으면 삶을 포기하고 싶어집니다. 통계치를 보니까 나만 그런 게 아니었어요. 2016년에 보건복지부가 자살로 숨진 사람 121명에 대한 조사 결과를 내놓았는데 그걸 읽다가 깜짝 놀랐습니다. 조사 대상 121명 중 66명 그러니까 55% 가량이 3개월 전부터 무직이었습니다.

직업이 없으면 돈이 없습니다. 먹고 싶은 것을 참아야 합니다. 자녀에게 용돈도 넉넉히 줄 수 없습니다. 삶이 고통스러워지는 것이죠. 실업은 절망입니다. 직업 없는 사람은 죽음의 유혹을 강하게 느낍니다. 보건복지부가 공개한 어느 사례에서는 한 남성이 경제적 어려움을 견디지 못하고 자살을 시도했다가 중상을 입는 바람에 병원비로 더 큰 빚을 지게 되었다고 합니다.

서진 씨. 나는 상대적으로 유복한 편입니다. 당장 생활비가 없어 굶어야 하거나 월세를 못 내는 것도 아니니까요. 실직 상태이지만 글을 쓰니까 희망이 없는 것도 아니죠. 나는 복받은 편입니다. 그래도 고통이 없는 건 아닙니다. 고백하건대 미래에 대한 불안과 걱정 때문에 가슴이 답답한 날이 많아요. 책을 쓰고 있지만 안정적 수입은 기대할 수 없으니 그렇습니다. 서진 씨도 알다시피 실직 후에는 더 심했어요. 사는 게 무서워서 삶을 포기하고 싶었습니다. 죽어 버리자고 하루에도 열번 스무번 되뇐 게 몇 달이었습니다. 그런데 나는 살아 있습니다. 어떻게 죽지 않고 버틸 수 있었을까요. 이유는 크게 두 가지가 있습니다.

첫 번째 이유는 다른 곳에서 말한 적이 있습니다. 내가 누군가에게 소중한 사람이라는 걸 깨달은 게 큰 힘이었습니다. 내가 사라지면 슬퍼할 사람이 많고 내가 생존한다면 그들에게 기쁨을 준다고 생각하는 순간 나는 이곳에 머무르고 싶어졌습니다. 내가 살아 있는 것만으로도 나의 아내와 아이와 부모와 형제에게 축복이라면, 내가 없어질 하등의 이유가 없습니다.

나를 생존하게 만든 또 다른 이유가 있습니다. 바로 '내가 가진 것에 대한 감사'입니다. 감사하면 행복해지고 생의 의욕을 느끼게 된다는 말입니다. 물론 어찌보면 상투적이죠. 너무 흔하고 뻔한 소리 같지만 백번 강조해도 된다고 봅니다. 그만큼 중요합니다. 특히 실직자가 감사를 하면 생존의 이유가 또렷해집니다.

로마 황제 마르쿠스 아우렐리우스의 〈명상록(천병희 역, 도서출판 숲 출간)〉에 이런 대목이 있습니다.

"네가 갖고 있는 않은 것들에 대해 마치 이미 갖고 있는 양 연연해하지 마라. 오히려 네가 가진 것들 중에 가장 값진 것들을 골라, 만약 네가 그것들을 갖지 못했더라면 얼마나 그것들을 갈망했을지 생각해보라."

좀 길고 복잡하죠. 심오한 문장의 맛을 포기하면서 간단히 줄여보면 이렇습니다. "너에게 없는 건 잊어. 대신 너의 가장 소중한 걸 잃었다고 상상해 봐."

인간은 이상한 뇌를 가졌습니다. 자기가 갖지 못한 것에 목을 맵니다. 걸어야 하는 사람은 작은 차라도 원하고 작은 차 운전자는 큰 차를 생각해요. 또 가장 큰 차를 타게 되면 자가용 비행기를 갈망하죠. 또 자가용 비행기 속의 늙은 부자는 땅 위를 걸을 건강한 다리를 갖고 싶어 괴롭습니다. 인간은 부, 지위, 젊음, 미모, 명예 등 자기에게 없는 것에 집착합니다.

아우렐리우스는 이런 유령 같은 것에 침흘리는 인간들에게 명합니다. 자기에게 없는 것에 연연해하지 말라고요. 내게 없는 것을 가지려는 집착을 버리라는 겁니다. 그 대신 상상을 해보라고 권합니다. 나에게 있는 것 중에서 가장 소중한 걸 잃었다고 생각하라는 겁니다. 얼마나 안타깝고 슬플까요.

자녀가 가장 소중한 존재일 것입니다. 비록 말썽을 피우고 성적은 나쁘며 자주 반항하더라도 내 아이가 없다거나 갑자기 사라졌다고 생각해보세요. 부모는 극심한 고통을 겪게 되겠죠. 또 아이 때문에 힘들었던 그 시간들이 얼마나 소중했는지 알게 될 것입니다.

심장이면 어떨까요. 가장 소중한 심장이 없거나 고장났다고 상상해볼까요. 심장의 건강을 잃은 사람은 병상에서 간곡히 기도할 것입니다. 심장만 되살려주면 무엇이든 하겠다고요.

또 은행에 남아 있는 잔고가 몽땅 사라졌다고 어떨까요. 액수가 얼마이든 절망스러울 겁니다. 있을 때는 푼돈이라고 우습게 생각했는데 막상 사라지면 상실감이 무척 클 것입니다. 적은 돈이라도 내 통장에 있는 게 감사할 따름이죠.

나도 아우렐리우스가 시키는 대로 해봤습니다. 나의 가장 소중한 것들이 없어졌다고 상상한 것입니다. 나에게는 귀중한 것들이 많았습니다. 변변찮지만 돈벌이 기술이 있어요. 아이와 아내가 있고요. 부모님이 계시며 멀리 형제와 친구들이 있습니다. 무엇보다 나에게는 희망과 시간이 남아 있습니다. 어느 것 하나 없다고 생각하면 괴롭습니다. 하나 하나 귀하기 이를 데 없어요. 내게 그런 귀중한 것이 있다는 게 감사하고 또 감사합니다.내 곁에 있어 줘서 얼마나 고마운지 모르겠습니다.

실직 직후 죽음의 유혹을 강하게 느꼈습니다. 그런데 내가 죽는다면 나의 소중한 것들과 이별하게 됩니다. 눈부시게 아름다운 아내와 사랑스러운 아이와 감사한 부모님 그리고 다정한 친구들을 잃게 되는 것입니다. 그 좋은 것들을 스스로 포기할 수 없었습니다. 눈씻고 찾아봐도 내가 죽을 이유가 없었습니다. 나는 살 수밖에 없었던 겁니다.

서진 씨. 나에게 있는 모든 것이 어느날 돌연히 사라져버릴 수 있다고 상상하면서 살아가겠어요. 그게 행복해지는 간단한 방법일 것 같아요. 내 곁에 있어 주는 사람들, 기회들, 여건들에 감사하게 됩니다.

꿈을 꾸세요.
내가 돕겠습니다

서진 씨. 나에게는 표절에 얽힌 뼈아픈 기억이 있어요. 내가 범인이었어요. 초등학교 6학년 때였어요. 남북통일을 주제로 글짓기 '대회'라는 걸 했는데 한 여학생이 한반도를 토끼에 비유하고 분단은 그 허리를 조이는 것에 비유해서 글을 써서 선생님께 칭찬을 받았어요. 나도 속으로 진심 감탄했습니다. 친구에게 존경심 비슷한 마음도 생기더군요. 얼마 후 남자 아이들만 득실거리는 중학교에 올라갔는데 전교생에게 남북통일을 주제로 글을 쓰라고 하더군요. 글쓰는 재주도 없고 게으르기도 해서 한반도를 토끼에 비유하고 분단은 토끼 허리 조임에 비유해서 글을 날림으로 써서 제출했죠. 좀 찜찜하기는 했지만 숙제에서 해방된 기분이 더 컸어요.

그런데 큰일이 나버렸습니다. 반에서 우수작으로 뽑힌 겁니다. 심사를 받아 전교 우수작으로 선정되면 구청 단위의 대회에 나가게 된다고 했습니다. 그러면 원작자 여학생을 비롯해 친구들이 나의 범행을 알게 될 거였습니다. 더 큰일이죠. 아찔했습니다. 나의 목표는 숙제를 쉽게 해치우고 노는 것이었는데 사회적으로 매장될 수도 있는 대사건으로 일이 커져 버린 겁니다. 교내 심사가 진행되는 동안 나는 범죄자가 된 기분이었어요. 아니 사형 집행을 기다리는 기결수라고 해야 할까요. 제발 떨어져라 빌었더니 하늘이 도와서 반우수작에 머물렀습니다. 아무에게도 말 못하고 고난을 겪은 14살 아이는 하늘의 은혜에 감사했는데 실은 자기 덕분이었습니다. 글재주가 부족해서 학교 대표가 못되었으니까요.

글 쓰기 싫어하던 그 아이가 이제 늙어서 책을 써서 먹고 살려고 합니다. 나의 희망이 이루어질까요. 아마 안 될 겁니다. 객관적인 상황이 대단히 불리합니다. 책을 써서 벌 수 있는 돈은 믿기 어려울 정도로 미약하기 때문입니다. 미리 밝히자면 출판사들이 인색해서가 아니라 출판 시장의 현실 때문에 그렇습니다.

2018년 한국 출판 시장 규모는 8조원이 조금 안됩니다. 매출이 있는 출판사는 약 3천5백개입니다. 그 많은 출판사에서 책을 하나 내주면 되지 않겠나요? 어렵습니다. 설사 출판이 된다고 해도 아주 적은 돈입니다. 책을 써서 받는 인세의 규모는 기적적으로 정체되어 있습니다. 20년 동안 책 한권을 쓰면 받는 인세가 20년 동안 거의 변화가 없거든요.

1990년대말 단행본은 7천원이었고 처음에 보통 3천부를 인쇄했습니다. 최고 인세로 계산하면 정가의 10%이니까 책을 쓰면 기본 210만원 정도를 받는 것이죠. 2019년 현재 책은 1만 4천원 정도이며 통상 1쇄가 2천부로 줄었습니다. 인세를 10%를 받는다면 저자는 280만원을 받게 됩니다. 20년이 지났는데 작가의 기본 인세는 별 차이가 없어요. 실질 가치는 하락했습니다. 20년 전의 기본 인세는 아껴쓰면 두 세달 생활비였는데 요즘 인세는 절약하는 한달 생활비입니다. 책이 많이 팔리느냐 하면 그것도 아닙니다. 베스트셀러가 과거에 10만부 팔렸다면 요즘은 1만부 팔린다고 합니다. 보통 수개월 동안 글을 써야 책이 하나 완성됩니다. 문학상을 받았던 친구는 1년에 한 권을 쓰는 자신의 연봉은 300만원이라고 자조하더군요.

밥먹을 돈을 벌 수 있어야 직업인데, 기초 생활비도 벌 수 없는 프리랜서 작가가 직업이라고 할 수 있을까요. 나는 나를 작가보다는 실직자로 불러도 된다고 생각합니다.

물론 나는 극히 운이 좋은 사람입니다. 내 책이 베스트셀러 리스트에 올랐던 적이 있으니까요. 그러나 작가의 과거가 밝왔다고 미래까지 화창한 것은 아닙니다. 폭삭 망할 수 있는 겁니다.

나는 황무지에 있습니다. 내가 일구는 땅은 척박합니다. 그래서 서진 씨는 내게 돈이 많이 필요 없고 너무 고되게 일할 이유도 없다고 달래지만, 나는 죽도록 일해야 한다는 강박에서 좀처럼 벗어나지 못하는 것입니다. 어떤 날은 조급증을 버려야 한다고 자신을 다독이지만 다음날은 다급한 마음에 휘둘리게 됩니다. 자주 불안이 찾아오고 혼란에 휩쓸립니다.

그런데 지금 현재로서는 이 길을 가야 합니다. 그리고 나보다 더 어렵게 돈을 버는 노동자들도 많습니다. 힘을 낼 겁니다. 그리고 꿈을 가질 겁니다. 황무지에 있어도 아니 황무지에 떨어졌다면 더더욱 꿈이 중요합니다. 꿈은 잃은 사람은 생명력을 잃기 때문입니다. 몇번 자영업을 실패한 후 집에서 1년 넘게 쉬고 있는 후배가 슬픈 표본이겠군요.

작은 장사를 포기한 후배는 처음에는 새 사업을 성공해서 만회하겠다고 의욕적으로 계획을 세웠습니다. 그런데 의욕은 제풀에 꺾였습니다. 무엇보다 실패 경험이 큰 장애였던 것 같아요. 또 실패할 것 같은 예감 때문에 오그라들고 힘이 빠지게 되었습니다. 항상 에너지 넘치던 후배는 결국 무기력해지더군요.

무기력에 이어 그를 찾아온 것은 무감각입니다. 3번이나 사업에 실패했으니 후배는 괴로웠을 겁니다. 후원해 준 부모님에게도 면목이 없었을 거고요. 아이들을 보기만 해도 미안해지는 건 나도 경험해서 잘 압니다. 후배는 자신은 실패작이라고 자주 자조했으며 한번은 술 마시고 벽을 때리는 자학 행위를 해서 손도 퉁퉁 부었습니다. 그런데 6개월 정도 지나니 달라졌습니다. 더 이상 괴롭지 않았다고 합니다. 마음의 고통도 없이 편하다고 했습니다. 내가 보기에는 다 포기했다는 의미인 것 같았습니다. 후배가 어느날 아주 편하다며 카톡을 보냈습니다.

"형, 요즘 내 마음이 아주 편해요."

"그래? 얼마 전까지 괴로웠잖아. 잘 됐다."

"이제는 마음이 잔잔한 호수 같아요. 아무 걱정도 안 되고……."

"좋은 일인 것 같네."

"내 심리 상태를 딱 한마디로 표현할 수 있어요. 바로 '멍'이죠."

"멍?"

"정신이 멍한 상태예요. 새벽 물안개가 낀 것 같아요. 앞도 보이지 않고. 굳이 보고 싶지도 않고. 좋은 건지 나쁜 건지 모르겠어요."

후배는 아마 술을 마신 후 메시지를 보냈던 것 같습니다. 내가 볼 때 후배는 아마 굉장히 힘들었던 것 같아요. 고통을 견딜 수 없어 스스로 감각 기능을 마비시킨 것이 아닌가 싶어요. 심각할 정도로 무기력과 무감각 상태에 빠진 후배를 보면서 나는 생각했습니다. 어떻게 해야 저런 지경에서 벗어날 수 있을까요.

내가 생각할 때 치유책은 딱 하나예요. 꿈이 있어야 합니다. 무엇인가를 얻으려는 욕망이 있어야 다시 달릴 수 있습니다. 꼭 가닿고 싶은 곳이 있어야 무기력의 수렁에 빠져나올 수 있는 것입니다.

후배처럼 직장이 없는 사람에게 꿈이 더욱 필요합니다. 직장인들은 회사가 꿈을 지시합니다. 회사가 이루어야 할 목표를 정해주면 회사원은 그것을 향해 달려야 합니다. 그런데 회사 밖의 실업자나 사업가와 취준생은 스스로 꿈을 정해야 합니다. 가이드가 없습니다. 갈 곳을 스스로 찾아내야 하는 겁니다. 직장인이 정해진 코스를 가는 패키지 해외 관광객이라면 비직장인은 나홀로 자유 관광객입니다. 더 열심히 공부하고 계획해야 합니다. 전업주부의 삶도 자유 여행객을 닮았습니다. 자신의 꿈을 정하고 뜨겁게 추구해야 공허를 이길 수 있을 겁니다.

직장에 다니지 않아도 꿀 꿈은 아주 많다고 봐요. 예를 들면 책을 많이 읽겠다는 꿈, 영어 일어 스페인어를 배우고 말겠다는 결심, 라면을 맛있게 끓이는 100가지 방법을 알아내겠다는 소망, 최고의 인격을 갖추겠다는 야심 등이 있겠죠. 각자 원하는 꿈을 정해서 나아가면 되는 겁니다.

또 돈과 관련된 꿈을 꿔도 나쁠 게 없습니다. 아르바이트이지만 프로 수준을 해내겠다고 마음먹으면 어떨까요. 나는 사람들이 좋아할 책을 쓰겠다는 목표를 갖고 있어요. 거액은 아니더라도 적지 않은 돈을 벌겠다는 욕망이나 돈을 벌어서 국내 구석구석 여행을 가겠다는 계획도 좋을 것 같아요. 이런 꿈이 있어야 무기력을 이기고 생동할 수 있을 겁니다.

헤밍웨이의 〈노인과 바다〉에서 노인은 여러 번 같은 꿈을 꿉니다. 예전에 아프리카에서 봤던 광경이 꿈에 자꾸 나타났던 건데요, 노인이 목격했던 것은 바로 사자입니다. 아프리카 사자면 용맹하게 사냥하는 모습이 어울릴테지만 노인의 꿈에서는 달랐습니다. 사자들은 해변에서 행복하게 놀았다고 합니다. 노인이 보기에 사자들은 마치 고양이 같았어요. 노인은 소설 마지막에서 죽은 듯이 잠을 잤는데 그때도 사자 꿈을 꿨습니다. 전쟁 같은 삶을 살았던 어부 노인은 평화로운 삶을 염원했던 것 같아요.

노인은 바닷가의 사자를 또 볼 수 있다고 기대했을까요. 다시 못볼 걸 알았을 겁니다. 불가능한 꿈이었던 겁니다. 그러나 그 꿈 덕분에 노인은 전쟁 같은 삶을 견딜 수 있었습니다. 삶이 짓눌러도 숨쉴 구멍이 되어줬던 것입니다.

나는 100살이 되어도 꿈을 꾸겠습니다. 나만의 사자 꿈을 간직하고 살 것입니다. 지금의 내 꿈은 노인의 꿈과는 달라서 평화와 안식은 아닙니다. 좋은 책을 써보겠다고 분투할 작정입니다. 내 꿈이 다시 못 볼 사자처럼 비현실적인 것인지 모르지만 그래도 담담한 척하면서 앞으로 걸어가겠습니다. 얼마 동안은 그렇게 할 겁니다.

서진 씨도 꿈을 꾸세요. 나와는 스타일이 다르니까 책 읽기나 어학 공부 등 따분한 것을 권하지는 않겠어요. 여행의 꿈은 어떨까요. 국내 여행도 괜찮고 외국 여행도 좋아요. 지난번에는 보름이었으니 이번에는 한달도 괜찮을 겁니다. 남편과는 가지 마세요. 귀찮게 보살펴야 하니까요. 대신 친구들과 떠나세요. 계획을 세우고 간절히 원해보세요. 돈도 조금씩 모아봐요. 분명히 이루어질 겁니다. 당연히 나도 힘을 합치겠습니다.

정 안되겠다 싶으면
쓰러질게요

서진 씨. 나는 서진 씨 몰래 코피를 흘린 적이 있어요. 새로운 정보를 찾아내 습득하고 세상에 없던 책을 쓰겠다고 결의를 다지면서 하루에 6시간 채 안 자고 몇 개월을 보냈던 것 같아요. 피곤했지만 강한 의지로 견뎠습니다. 내 꿈을 이루고 싶어서였습니다. 내 능력을 입증하길 갈망했기에 버티고 버텼습니다.

그런 어느날 새벽이었습니다. 언제나처럼 잠을 떨치고 일어나 책상에 앉아 컴퓨터를 켰습니다. 그런데 콧속이 뜨거웠습니다. 그리고 한쪽 코에서 뜨끈한 액체가 흘렀습니다. 손을 보니 붉은색이었습니다.

내가 코피를 흘린 건 평생 세 번째였습니다. 초등학교 때 콧속이 간지러워 약지를 넣었는데 교단의 선생님과 눈이 마주쳤던 기억이 납니다. 선생님이 고개를 돌리시더군요. 곧 나의 코에서 코피가 흘렀습니다. 중학교때는 체육 시간에 누가 와서 내 등에 충돌했고 내 코는 어딘가에 세게 부딪혔습니다. 역시 코피가 흘렀습니다.

이후 공부하느라 피곤한 날이 아주 많았어요. 음주가무를 즐기면서 체력을 고갈하고 잠도 못잔 게 하루 이틀이 아니었습니다. 한 번에 15시간 이상 등산을 하기도 했어요. 그래도 내 코는 피를 흘리지 않았습니다. 웬만하면 내 코는 피를 보내지 않습니다. 강인한 코입니다. 그런데 그날 새벽에 세 번째로 코피를 흘렸습니다. 이번에는 물리적인 자극이나 충돌이 없었는데 자연스레 스스로 피를 흘렸습니다. 나는 몹시 피곤했던 것 같아요. 오랜만의 일이었지만 나는 아주 차분하게 대응했습니다. 휴지로 닦아내고 기다렸더니 금방 진정이 되더군요.

서진 씨. 나는 낙관적인 생각을 가지려고 애씁니다. 그런 이유에서 긍정적 이야기를 자주 하죠. 인생에는 3만 번의 기회가 있고, 용기가 공포를 이기며, 승리의 의지가 불행을 꺾는다고 나는 자주 입버릇처럼 말해요. 그런 생각들을 되뇌어야 합니다. 그래야 내가 기회를 다 잃었다거나 내 인생은 공포라는 부정적 생각을 싹다 밀어낼 수 있어요.

그런데 알고 있습니다. 누구나 완전 방전될 때가 있어요. 권력자나 부자나 번듯한 직장인이나 누구나에게 에너지 고갈의 순간은 옵니다. 약속할게요. 안 되겠다 싶으면 쓰러질게요. 억지로 버티지는 않겠습니다. 용기나 의지력 따위 다 집어 던지고 KO 되어 바닥에 엎어져서 한 숨 자겠습니다. 걱정 마세요. 필요하다면 쓰러지겠습니다.

적절히 쓰러지지 않으면 영영 일어날 수 없습니다. 이 맥락에서 김득구라는 권투 선수가 떠오릅니다. 1982년 세계 챔피언에 도전했었죠. 그때는 내가 어린 나이였는데 이상하게도 김득구의 비극은 최근의 일인 것처럼 기억에 생생합니다.

세계 챔피언에 도전했던 김득구 선수는 링에서 쓰려져 의식 불명 상태에 빠졌다가 결국 사망했습니다. 가난한 청년 김득구는 인생 절호의 기회를 잡았습니다. 미국 라스베이거스 시저스 팰리스에서 WBA 챔피언 맨시니에 도전할 기회를 얻은 겁니다. 김득구는 죽을 각오로 훈련했고 죽기로 결심하고 링에 올랐습니다. 그는 패배한다면 살아서는 링에서 내려오지 않겠다고 선언했는데 그 말처럼 정말 죽을 듯이 모든 것을 걸고 싸웠습니다. 강력한 챔피언에 맞서서 할 수 있는 모든 것을 다했습니다. 모두의 예상을 깨고 아시아의 가난한 젊은이가 셀럽이던 챔피언을 상대로 선전했던 겁니다. 강력한 펀치를 수없이 날렸습니다. 하지만 그 이상의 펀치를 얼굴에 맞았습니다. 그는 14라운드에 쓰러져 두 번 다시 일어나지 못하고 세상을 떠났습니다.

생각해봅니다. 그 많은 펀치를 맞으면서 왜 버티고 또 일어났을까. 이기고 싶었을 겁니다. 꼭 이겨야 했을 것입니다. 강한 의지력이 그를 다시 일으켰고 버티게 했습니다.

그런데 그가 의지력이 약해 10라운드쯤 KO되었다면 어땠을까요. 그는 강력한 의지로 끝까지 버티려고 했기 때문에 숨진 것인지도 모릅니다. 조금 더 일찍 쓰러졌어야 합니다. 포기하고 링에 엎드려 잠깐 잠을 잤어야 합니다. 그랬다면 그는 살아서 돌아왔을 겁니다. 내 생각에 김득구는 정신력이 강해서 부러지고 만 겁니다.

한때 많은 사람들이 김득구를 롤모델로 삼았습니다. 김득구는 최악의 상황에서도 포기하지 않는 불굴의 의지를 상징했습니다. 나에게도 그랬습니다. 아직도 나는 그를 존경하며 추모합니다.

그러나 최근에 알았습니다. 강한 의지가 사람을 부러뜨릴 수도 있다는 걸 말입니다. 하루 종일 일했던 나에게 서진 씨가 걱정하면서 말을 붙였습니다.

"너무 오래 일하지 말아요. 많이 쉬어야 효율도 오르잖아요."

"맞아요. 그런데 쉬는 게 더 불편해요. 쉴 때마다 불안한 걸 어떡해요. 난 열심히 일하는 게 좋아요. 일을 하는 동안에는 편안하거든요."

서진 씨는 다시 슬픈 표정으로 받았어요.

"그게 전형적인 일 중독인 것 같아요. 일 중독자는 일을 해야 마음이 편하고 쉬는 걸 힘들어한다던데요."

나는 의아했어요.

"일 중독이 뭐가 나쁜가요? 그리고 열심히 일해야 생존할 수 있어요."

"일 중독은 나빠요. 우리는 일하기 위해서 사는 게 아니니까요."

"…"

"마음은 알아요. 그래도 지나치게 일하지 마세요. 목표를 반드시 이루겠다고 도전하는 것도 좋지만 몸이 상할까 걱정이에요. 코피라도 쏟고 쓰러지면 어떡해요? 가끔 쉬기도 하세요. 부탁이에요."

마음이 뜨끔했습니다. 분명히 서진 씨는 내가 코피 흘리는 걸 못 봤어요. 새벽이라 푹 자고 있었어요. 그런데도 들킨 기분이었습니다. 제발 저런 것이겠죠. 아무튼 알았어요. 너무 걱정 마세요. 충분히 쉴 것이고 내 인생 네 번째 코피는 없을테니까요.

죽어도 괜찮다는 의지로 일하겠지만 진짜로 죽을 것 같으면 멈추겠어요. 정신력만으로 버티지 않겠어요. 용기와 투지만 믿고 내 몸을 혹사하거나 내 인생을 황폐화하지 않을 겁니다. 아마 복서 김득구도 나에게 이야기할 수 있다면 한계를 넘어 버티는 삶을 추천하지 않을 겁니다. 도저히 안 되겠다 싶으면 쓰러지면 돼요. 쓰러진 김에 푹 자고 일어나 맛있는 거 먹고 다시 도전하면 되죠. 내가 한계에 도달하지 않도록 보살피겠습니다. 힘들다 싶으면 쉬도록 노력하겠습니다. 피곤하면 일찍 쉬고 재빨리 쓰러지는 게 나와 가족을 위해서 좋을 겁니다. 그렇게 하겠습니다.

상어에게 물린 나를
구해줘서 고마워요

아내 서진 씨에게 마지막 편지를 씁니다.

실업자 신세가 된 뒤 상어에 물리는 꿈을 자주 꿨습니다. 그날
도 먼바다에서 수영을 하는데 상어 한 마리가 다가와 한쪽 팔
을 물었습니다. 놈은 나를 바닷속으로 끌고 들어갔습니다. 콧
구멍을 타고 폐속까지 짠 바닷물이 들어왔습니다. 죽었구나 싶
었고 무서웠습니다. 자주 그런 꿈을 꿉니다.

　그날도 바닷속에서 숨막혀 버둥거리고 있었는데 누군가 나
의 손을 잡았습니다. 상어와 그 손이 나를 당기며 줄다리기를
했습니다. 눈을 떠보니 서진 씨가 나의 왼손을 가만히 잡고 있
었어요. 서진 씨는 눈을 감았고 또 규칙적이며 낮은 숨소리가
들렸습니다. 분명히 자고 있었습니다. 내가 가위 눌려 끙끙거
리니까 서진 씨는 잠결에 반사적으로 손을 꼬옥 잡았던 겁니

다. 덕분에 나는 상어밥 신세를 면했습니다.

서진 씨는 자신이 상어 아가리에서 나를 구해낸 걸 모를 겁니다. 늘 그런 식이었습니다. 서진 씨는 자기도 모르게 나를 살렸습니다. 서진 씨는 별 의미 두지 않고 짧고 가볍게 위로를 툭 던졌는데 나는 그때마다 구원을 받은 기분이었어요. 서진 씨는 내가 얼마나 감격했는지 알지 못할 겁니다. 고맙습니다.

그런데 나는 알고 있어요. 서진 씨도 가끔 상어에 물린다는 사실을 말입니다. 불안과 걱정이 서진 씨의 마음도 흔들 겁니다. 설거지를 하면서 몰래 한숨 쉬는 건 걱정 때문이겠죠. 내가 강하게 권해도 옷이나 구두를 사지 않으려고 버티는 건 불안하기 때문일 겁니다. 그래요. 당연합니다. 불안정한 나의 직업이 원인일 겁니다. 프리랜서 작가의 미래는 낙관적이지 않아요. 한 번 베스트셀러 작가가 되었어도 아무런 보장이 없거든요. 내 멋대로 어림짐작해서 말해볼게요. 1년에 수천 명의 책을 쓰겠지만 1년 생활비를 버는 사람은 100명이 되지 않을 것이고 그중에서 다음 책을 또 베스트셀러 목록에 올릴 사람은 30명도 안 될 겁니다. 책을 써서 장기간 생활한다는 건 말하자면 대입 수험생이 서울대 의대 합격보다 어려운 일입니다. 초베스트셀러 작가가 아닌 한 책 쓰기는 여느 비정규직처럼 불안한 저임금 직업입니다. 이런 남편을 뒀으니 자주 두려운 게 자연스럽습니다. 미안할 뿐입니다.

그런데 사실 불안 없는 삶은 없습니다. 번듯한 직장에 다녀
도 수심이 깊어요. 재벌 회장도 불안에 시달릴 수밖에 없습니
다. 사람은 다들 걱정 속에 삽니다. 모두 미래를 알 수 없기 때
문입니다.

맞아요. 우리는 미래를 알 수 없어서 불안한 겁니다. 그러면
미래에 관심을 끊으면 낫지 않을까요. 미래를 무관심한 듯이
살면 되는 겁니다. 영화 '포레스트 검프'가 떠오르네요.

서진 씨도 기억할 겁니다. 영화에 이런 대사가 나오죠. "엄마
는 인생이 초콜릿박스 같다고 항상 말씀하셨어요. 다음에 어떤
걸 집게 될지 알 수 없어요."

오래된 영화지만 지금 생각해도 맞는 말 같아요. 여러 맛 중
에서 어떤 초콜릿을 먹게 될지 모르는 것처럼, 인생도 어떤 일
이 닥칠지 알 수 없다는 겁니다.

포레스트 검프의 인생이 정말 그랬습니다. 포레스트에게는
박스 속 초콜릿처럼 맛이 다양한 갖가지 사건들이 벌어집니다.
제대로 걷지 못했던 포레스트는 악동들을 피해 도망치다가 엄
청난 달리기 실력이 자기 속에 있다는 걸 알게 됩니다. 그 실력
덕분에 최고 풋볼 선수가 되었고 베트남전 전쟁 영웅도 되었
죠. 또 귀국 후 사업을 벌였는데 운좋게 갑부가 됩니다. 그의 인

생에는 슬픈 일도 많았는데 한 가지가 특히 혹독했습니다. 평생 사랑한 여성이 병에 걸려 일찍 세상을 떠납니다. 그런데 그게 끝이 아니었죠. 그 여성이 비밀 선물처럼 아들을 남겨 놓았습니다. 포레스트 검프의 인생은 알 수 없는 일의 연속이었습니다.

서진 씨와 나의 삶도 같아요. 예상 못한 일들도 가득했어요. 첫키스까지는 달콤하기만 했는데 이후에는 쓰디쓴 싸움도 많았어요. 잠시 서로를 미워하기도 했고 오랫동안 안 만나기도 했어요. 연애를 시작할 때 큰 시련이 닥칠거라고는 생각하지 못했던 게 사실입니다. 신혼의 달달함도 왜 그렇게 금방 사라졌는지 내가 플라스틱 쓰레기통을 차고 서진 씨는 고함을 지르며 싸우던 기억도 나네요. 아이도 예측 불가였어요. 금방 태어난 아기는 잠들면 천사인데 깨어나 울기 시작하면 웬수였어요. 몇 달 동안 잠도 못자고 돌봐야 했죠. 쏜살같이 세월이 흘러 아이가 중고등학생이 되었을 때 우리 가정은 위기를 맞았어요. 충돌이 반복되어서 부모 자식 사이가 악화되어 버렸습니다. 그 귀엽고 사랑스러운 아이와 우리가 틀어질 줄이야 꿈에도 상상하지 못했습니다. 그래도 다행입니다. 이제는 많이 호전되었으니까요.

우리가 포레스트 검프처럼 극적이지는 않았지만 그래도 파란만장한 삶이었네요. 예상 밖의 슬픔과 시련 그리고 기쁨이 우리에게 차례로 달려들었던 걸 알 수 있어요. 이렇게 살게 될 줄은 몰랐습니다. 우리의 미래는 기대를 벗어나고 예상을 뛰어넘는 것이었습니다. 그러니 미래 생각은 접어두자고요. 어차피 미래 예측은 틀리게 되어 있어요. 미래 걱정에 불안할 바에야 미래를 머리에서 지워버리는 게 나을 것 같아요.

어떤 초콜릿을 집게 될지 모르는 것처럼 어떤 일이 일어날지 몰라요. 그리고 어떤 일이 찾아오건 우리는 대처할 수 있어요. 천진난만한 포레스트 검프처럼 닥치는 대로 살면 될 것 같아요. 앞날이 걱정되면 기억하세요. 인생은 초콜릿박스라는 걸 말이죠. 우리가 젊어서 봤던 그 영화가 고맙군요.

하지만 마음을 다잡아도 나쁜 일이 연이어 일어나서 불안할 때도 있을 겁니다. 그럴 때는 인생이 비스킷 통이라고 생각하세요. 여기서도 우리가 젊었을 적 읽은 책이 도움이 되요. 무라카미 하루키의 〈상실의 시대〉에 이런 구절이 있습니다.

"인생이란 비스킷 통이라고 생각하면 돼. 비스킷 통에 여러 가지 비스킷이 가득 들어 있고, 거기엔 좋아하는 것과 그다지 좋아하지 않는 게 있잖아? 그래서 먼저 좋아하는 걸 먹어버리면, 그 다음엔 그다지 좋아하지 않는 것만 남게 되거든. 난 괴로운 일이 생길 때면 언제나 그렇게 생각해. 지금 이걸 겪어두면 나중에 편해진다고. 인생은 비스킷 통이라고."

나쁜 일이 자꾸 생겨도 그것대로 괜찮은 겁니다. 다음에는 좋은 일이 생길 확률이 높아지니까요.

나는 선택이 삶을 결정한다고 오랫동안 믿었어요. 그런데 아니더군요. 삶은 예측이나 선택이 불가능한 사건의 연쇄입니다. 가끔 쓴 맛을 보기도 하고 어떨 때는 상어에게 물리기도 하죠. 그래요 인생은 초콜릿 박스와 같아요. 우리는 미래를 다 꿰뚫어볼 필요가 없어요. 오늘 주어진 기회와 기쁨을 만끽하는 것으로 충분해요. 인생은 또 비스킷 통이에요. 나쁜 일과 좋은 일이 순서없이 뒤섞여서 우리를 기다립니다.

그런데 삶의 속성이 어떤 것이건 더 중요한 사실은 우리가 잘해왔다는 겁니다. 결혼식장에 들어가며 덜덜 떨었을 때 우리는 미숙했지만 지금껏 20년 동안 발전을 거듭했어요. 또 아이가 태어났던 날에는 감격하면서도 어떻게 키울까 불안도 느꼈던 우리 젊은 부부가 이제 성인 자녀의 부모로 무럭무럭 성장했어요. 그런데 공짜로나 우연하게 자란 것은 아닙니다. 우리가 노력을 기꺼이 했어요. 또 우리 속에 성장의 의지가 있었습니다. 앞으로도 우리는 성장할 겁니다. 더 현명해지고 더욱 부드러워지며 더더욱 행복해질 겁니다. 너무 걱정하지 않겠어요. 나에게는 아름답고 사랑스러운데다가 따뜻하고 현명한 서진 씨가 있으니까요.

달라진 남편에게서 편지가 왔어요

인쇄 2020년 1월 30일
발행 2020년 2월 5일

지은이 정재영
펴낸이 박현

펴낸곳 트러스트북스
등록번호 제2014 - 000225호
등록일자 2013년 12월 3일
주소 서울시 마포구 성미산로1길 5 백옥빌딩 202호
전화 (02) 322 - 3409
팩스 (02) 6933 - 6505
이메일 trustbooks@naver.com

ⓒ 2020 정재영

값 14,000원
ISBN 979-11-87993-70-4 03810

믿고 보는 책, 트러스트북스는 독자 여러분의 의견을 소중히 여기며,
출판에 뜻이 있는 분들의 원고를 기다리고 있습니다.